JN084996

開戦と新聞

付・提督座談会

元MBS副社長
後藤基治 著

毎日ワンズ

本書に寄せて

前坂俊之（静岡県立大学名誉教授）

日本の新聞の歴史は約百五十年になるが、そのうちでも最大のスクープといえば、『毎日新聞』の太平洋戦争開戦スクープであろう。三重四重のきびしい検閲と報道規制の中で、国家の最高機密をすっぱ抜いたのである。

太平洋戦争開戦当日の昭和十六年（一九四一年）十二月八日午前七時、ＮＨＫラジオから流れる大本営陸海軍部発表のかん高い臨時ニュースとともに、『毎日新聞』朝刊の一面を見た読者は驚いた。

「東亜攪乱（かくらん）、英米の敵性極まる」

「断乎駆逐の一途のみ」「驀進一路・聖業完遂へ」

の大見出しが躍り、戦争勃発をピタリと予告していたからだ。他の『朝日』『読売』ほか各新聞の朝刊はすべて「戦争」の「せ」の字もなく、まさに青天の霹靂、寝耳に水の特ダネであった。

この日本の新聞史上に輝くスクープを放ったのが、本書の著者、後藤基治（もとはる）記者である。

日米間に風雲が迫っていた昭和十六年十一月初め、後藤は米内光政海軍大将の私邸を訪れた。米内邸訪問は、後藤の〝定期便〟であり、いわゆる夜討ち朝駆けである。その頃はまだ政治家の間でも新聞社でも、戦争突入を予見する気配はなかった。海軍黒潮会（記者クラブ）のベテラン連中でも、戦争開始三、戦争回避七、ぐらいの予想だった。

午後二時頃、勝手に訪問すると、「よう、あがれよ」ということで、女中さんの運んできた紅茶に、上等のブランデーをたらし込んで一緒に飲んだ。

雑談中、後藤がいきなり「やるんですか」と突っ込むと、米内はそれには答えず、「ちょっと失礼する」といって、彼の前に大きなカバンを置いたまま、部屋を出ていった。

このあとの「世紀のスクープ」をものにするまでの動きは、本書で詳細に語られている。

十二月一日から十日までの「運命のXデー」を、「八日」という一日に絞り込んでいく過程は、凡百のスパイ小説を超えて、手に汗握るスリリングなおもしろさである。

後藤は昭和五年に毎日新聞大阪社会部に入社しており、昭和四十四年入社の私などの遥かに及ばない大先輩だが、仕事を終えた酒の席などで、この「伝説の大記者」の数々のスクープ秘話はよく聞かされたものだ。

毎日新聞では、頭の東京政治部、足の大阪社会部という伝統がある。記者クラブに座って記事を書く東京の記者と違って、ドブ板をはいずり回って丹念に取材する大阪の事件記者は、猟犬のような鋭い勘と取材力を鍛えられる。私も、「取材は女中さん、運転手、電話交換手など脇で固めよ」とはよくいわれたものだ。

東京政治部に乗り込んだ後藤記者はこの基本を忠実に守り、数々のスクープを連発した。開戦日の「Xデー」とは、いつなのか――十二月七日の日曜日に海軍省に取材に出向き、自動車部の運転手から耳よりの情報を聞き出す。この日早朝、休日にもかかわらず、海軍のトップたちが揃って神社に参拝したことを知り、開戦を確信する。後藤記者のインテリジェンスの勝利であった。

本書の第二章で、海軍最大のスキャンダル「海軍乙事件」の真相に迫っているのも圧巻である。いうまでもなく、太平洋戦争の最大の敗因は日本軍の情報能力の欠如である。米軍の新型レーダー開発、暗号解読「マジック」によって作戦は筒抜けで、艦船、戦闘機の動きも手に取るように把握された。開戦直前の外交暗号から真珠湾攻撃の海軍暗号まで、「マジック」で日本側の情報や海軍の作戦行動は丸裸にされていたのである。

海戦や戦闘の敗北につぐ敗北の結果から、普通なら米側のレーダー開発、情報漏れに気づきそうなものだが、陸海軍は絶対に暗号は解読されていないと慢心していた。

この結果、山本五十六連合艦隊司令長官は昭和十八年四月十八日、米軍機に待ち伏せされて撃墜死した（甲事件）。後任の古賀峯一長官も同十九年三月三十一日、搭乗した飛行艇が遭難して「殉職」する乙事件、が起きた。

このとき、福留繁参謀長の二番機もセブ島に不時着した。だが、最重要の軍機書類を地元ゲリラに奪われながらも生還した。この重大な事実は隠蔽され、海軍上層部も事実を糊塗して、責任追及も、解読された暗号の改変もせず、筒抜けの作戦を継続して多大な犠牲を出した。これは、海軍のインテリジェンスの欠如以上に、その無責任体質を示した事件だった。

本書は、海軍の戦争遂行の内幕を克明に取材し、戦時報道に命がけで働いた記者による第一級のドキュメンタリーである。海軍記者による〝戦記もの〟の傑作といってもよい。

本書を読んで、戦争メディア・リテラシーを養っていただければうれしい限りである。

令和三年七月

開戦と新聞——付・提督座談会

目次

*本書は、小社刊『海軍乙事件を追う』（平成二十九年）を再構成し、新原稿を増補したものです。

編集に際し難解と思われる語句には編集部註釈を施し、著者註釈と区別するため「」を付しました。

*本書には、現代では差別的と解釈されかねない表現をそのまま表記した箇所がありますが、戦時の事象を描いた作品の世界観を損なわないためであり、その他の意図は一切ないことをお断りいたします。

毎日ワンズ編集部

第一章
決死の開戦スクープ

「朝日」対「毎日」

わが国の戦時報道の歴史は幕末、福地桜痴（おうち）の『江湖新聞』や柳河春三（しゅんさん）の『中外新聞』にはじまる。

上野の彰義隊の激闘や会津、五稜郭の戦争の模様が報道された。

日刊紙としての最初の従軍記者は、『東京日日』が西南戦争に送った、やはり福地桜痴記者であった。

近代的な大衆紙が形成される上で、新聞が維新後の政治を中心とする言論の場から全般的なニュース中心に変質してゆく経過では、日露戦争の報道合戦がとくに大きな原因となった。

戦局の一進一退は全国民共通の関心事で、ニュースの重要性がこのときはじめて認識されていったのである。

毎日の戦時報道は、まず奥村信太郎記者（のち社長）の「鴨緑江会戦」の戦勝第一報のスクープにはじまった。

当時、電信は京城（ソウル）から発信したが、各社の記者がひしめいており、軍の検閲も厳しく、送稿に一週間を要するようなこともあった。奥村記者は友人の『中津新報』の安藤記者に協力を依頼、安藤氏は奥村記者の原稿を持ってわざわざ内地に戻り、下関から大阪本社へ打電した。

このルートで毎日があまりに早く戦況を報道するので、軍当局も感づいて、下関電信局でも検閲をはじめた。そこで安藤記者は岡山まで足を伸ばして発信し、また前線に馳せ戻るという苦心を重ねた。

毎日がこの戦争中に発行した号外は何と四百九十八回といわれる。

国木田独歩の小説『号外』は、こうした時代的な背景から生まれた傑作であった。

号外の例でもわかるように、日露戦争当時でも戦場取材というのは、小新聞ではとても手の出せない大変な費用と労力がかかった。

毎日が朝日と並んでその部数を急速に伸ばしていったのも、この戦況報道合戦によるところが大きかったのである。

満州事変に続くシナ事変、そして昭和十四年のノモンハン戦までの従軍記者制度は、日露戦争の頃と本質的にはあまり変化はない。

日露戦争と違ったのは、取材班が無線機をかつぎ、航空機を活用したことで、人員も、記者のほかにカメラマン、オペレーター、連絡員と世帯は大きくなったが、名称は相変わらずで、従軍記者、従軍写真家、従軍画家、従軍文士（ぶんし）などと呼ばれた。

軍はシナ事変の最初から自前の「報道部」を新設した。従軍した記者連中と各作戦部隊との調整もあったが、最大の理由は、負けているはずのシナ軍が「大勝利・日本軍大敗」などと発表し、英米の新聞に載ると、世界中が本気で日本が負けたと信じ込むマスコミの魔力に驚いたからである。

日米開戦とともに報道関係に起こった大きな変化は、日露戦争このかたの従軍記者や従軍文士などの制度が廃止され、報道班員制度が実施されたことであった。

それまで、従軍記者は陸海軍省の新聞係から従軍許可証を受け、現地司令部の許可、つまり命令書をもらって第一線に出かけたのだが、報道班員というのは軍属だから、かえって自主性は制限されるところがあった。

従軍記者時代には、まだ部隊を選んで従軍する自由があったたし、将兵も故郷に自分たちの姿が伝えられるというので歓迎してくれたものだが、軍属としての前線取材は、重い無線機をかついで歩き、部隊の大休止の間に原稿を送信するのだから楽ではなかった。

それに、司令部の参謀の中には作戦の秘密がもれるのを恐れて、新聞記者を目の敵にするのがいて苦労させせられた。

いま一つ、軍が心配したのは、戦場の悲惨な実態が報道されては兵士やその家族に動揺を与えるおそれがあるということで、内容は厳しく制限されていた。

だから、あの長い戦争の間、新聞は死体の写真を一枚も掲載し得なかった。国民が戦場のあの屍臭を知ったのは、昭和十九年末以降の本土爆撃によってであった。

北支従軍と徳川航空兵団

私の最初の従軍記者生活は昭和十三年、済南（さいなん）攻略が終わり、徐州作戦のはじまる前の北支であった。

この頃、従軍記者には五百円（＊現在のおよそ百万円）の支度金が出たので、飲み屋のツケがたまると、みんなこれを待望した。

シナ事変は昭和十二年七月七日、盧溝橋ではじまったが、その根本原因は、実は関東軍が万里の長城ごしに操っていた冀東（きとう）政権という地方政権にあった。日本女性を妻に持つ親日派の殷汝耕（いんじょこう）主席は日本軍の武力を背景に、蒋介石政権を無視し、阿片密輸から関税徴収までやってのけた。しかもその儲けが日本軍の機密費にまわっているというのでは、蒋介石が怒るのは当然だ。

ところが、その殷の部下らが、高まる反日気運にゆさぶられて、通州で突如クーデターを起こし、安心しきっていた日本軍人や民間人を多数殺害して逃げた。まさに大事件である。

編集主幹の平川清風さんは私に、

「日本軍が勝っても戦争は終わらん、暴動が起こる、というのは何としてもケッタイな話や。民衆の動向をポイントに取材してくれ」

と北支出張を命じた。五百円いただき、である。

私が天津（テンシン）に着くと爆音がとどろいて日本の陸軍機が急降下してくる。かたわらの兵隊に聞くと、少し前から徳川航空兵団が来ているのだという。なつかしいので、まず天津の航空兵団司令部に徳川中将を訪ねた。

当時は日本の民間航空の勃興期で、私は社会部で航空記事を担当していた。

その頃ドイツからグライダー熱が日本に伝わり、各大学にも滑空部が生まれはじめていた。毎日新聞ではさっそくヒルトンという教官をドイツから招いて、グライダー教室を生駒山にあった盾津飛行場で開講した。

すると陸軍飛行隊がひそかに入隊させてくれと頼んできた。

その頃、陸軍飛行隊にもグライダーのわかっている者がいなかった。しかしそれをドイツ人に知られるのは面子にかかわる。一般学生扱いにして弟子入りさせてもらえないかというのであった。

このことがきっかけで、私は徳川好敏中将（華族）と顔見知りになった。

徳川好敏といえば人も知るわが国航空界の草分けで、明治四十三年十二月九日、代々木練兵場で日野大尉とともにわが国最初の飛行を記録したパイロットであった。そして大正十四年、陸軍に航空兵科が新設されると、この兵科の最初の将官として活躍した。

だからシナ事変がはじまると、わが徳川航空兵団は当時の日本の最精鋭部隊として北支に派遣されてきたわけである。

ところがこの出撃早々に珍事が起こった。精鋭をすぐって内地を出発したはずなのに、飛行隊は途中バラバラになって、なかなか到着しない。道に迷ってほかの飛行場に降りてしまったり、不時着事故を起こしたりする者など、航空兵団はてんでに散らばって戦争どころでなく、司令部は一時顔色を失った。

陸軍航空は、長距離飛行や洋上を飛ぶ航法の習得を軽視してきた。それが災いしたのである。

これから一戦交えようというときに、これでは役に立たない。

陸軍飛行隊の狼狽を尻目に、海軍航空隊は整然と編隊を組んで全機無事到着する。

それを見せつけられて兵団司令部はカッカとしていた。

徳川兵団長と高級副官の近藤兼利中佐の世話で兵団所属の従軍記者となった私は、近藤副官から命令書を書いてもらった。そのとき、近藤副官が一人の将校を呼び寄せて「久徳君、毎日の後藤さんを頼む」と紹介してくれた。その航空少佐が久徳通夫君だったのである。

その夜の懇親会で久徳君は、

「自分は飛行班長である。飛行班長というのはハイヤー会社の配車係と思ってもらえばよい。爆撃機の出発は○○時、○○方面の援護は○○中隊、とやりくりするのが主な仕事だ」

と語った。

そして、「自分の専用機が一機自由になるから、飛行機の御用ならどうぞ」といってくれた。

当時、第一軍の旅団長だった山下奉文少将と知り合ったのも航空機が縁であった。

この頃、第一軍は石家荘から彰徳方面に宋哲元の第二十九軍を追いつめ、大勝利を収めた。

その取材の帰途、私が輸送機に乗っていると山下旅団長が乗り込んできた。副官は頑固な奴で、「君は降りろ」という。陸軍の軍人はこういうときまったく融通が利かない。

「そら困る。石家荘までは運んでくれ」

と頼み、石家荘に着いたので降りかけると、山下さんが、

「毎日の人だったね、どこまで行くの」

というから、

「北京です」

「何しに行く？」

「何しにって……ひと仕事終わったから遊びに行くんですわ」

と私はブッキラボウに答えた。すると山下少将は、

「遊ぶってのはいいじゃないか、君、かまわんから乗って行きたまえ」

と同乗を許可し、北京に着くと将官旗をつけた自分の車で私の宿舎までわざわざ送ってくれた。

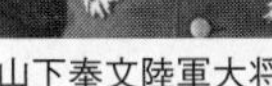
山下奉文陸軍大将

　おかしかったのは、「君、北京の芸者はいくらかね」と尋ねたことだった。私が「神楽坂と同じくらいです」と答えると、「おーそうか」とうなずいたが、謹厳な閣下に神楽坂の相場がわかるはずがない。おそらく副官の非礼を気にしてのサービスだったのだろう。

しばらくして北京飛行場で会ったとき、私は国平カメラマンと一緒だったので、彼に頼んで将軍の写真を撮ってあげたが、撮影が終わると山下さんは、

「君の社のあのカメラマンは丁寧な人だ。新聞社らしくない」

と褒めてくれたので、私はドギマギした。

昔は写真学校などないから、社のカメラマンは街の写真館で修業した。国平君もその一人だが、その頃のくせが残っていて、「もう少しアゴをひいて、ハイお利口さん」てな調子で将軍にポーズさせて撮ったのである。

山下さんは外見に似合わず、細心すぎるくらい気を遣う将軍だった。のちに内地で偶然お目にかかったときもよく覚えていて、「よーう、北支の爆撃王だな」と冗談をいった。将軍は開戦と同時にシンガポールの英軍を降伏させ一躍英雄となったが、それでも昭和十九年、米軍上陸を前にマニラに着任したときはさすがに憔悴気味で、気の毒な様子であった。

武漢作戦と遡上艦隊

この頃、徐州作戦がはじまった。火野葦平(あしへい)こと玉井勝則軍曹は、出征前に書いた『糞尿譚』

に芥川賞が贈られ、前線の授賞式というので話題をまいた。その後、玉井軍曹は報道部付となり、第二作の『麦と兵隊』も大変なヒットだった。

徐州を抜いた日本軍は、いよいよ武漢三鎮（現、武漢市）の攻略作戦を展開したが、同時に、国際世論にも訴えて和平の誠意を印象づけようと図った。

そこで軍報道部は、英米のジャーナリストも含めて報道関係者を戦場に招いた。

国内の新聞、雑誌も競って特派員を送ったから、延べ千人からの報道陣となった。

毎日新聞も多数の取材陣を現地に送り込んだ。

取材本部は南京に置かれ、渡瀬亮輔（りょうすけ）氏が総指揮をとることになった。

これまでは徳川兵団の久徳少佐に、行軍の途中で落伍した同僚の進藤記者を麦畑に強行着陸して救ってもらったり、時には内地送稿まで頼んだりしていたが、もうそんなことだけでは間に合わない。

やがて、本社から腕の立つパイロットが送られてきた。大蔵清三飛行士である。

大蔵パイロットは当時、東京―大阪間の空のスピードレースで優勝したチャンピオンであった。日本―フィリピン連絡飛行もやってのけた。

その彼を送り込んだのを見ても、本社の力の入れ方がわかる。

従軍文士は菊池寛氏がプロモーターで、尾崎士郎、丹羽文雄、久米正雄、吉川英治氏ら多数が参加した。音楽家の山田耕筰氏や西条八十氏も姿を見せた。

池田プロデューサー率いる毎日の「大毎映画班」は当時最新鋭を誇ったＲＣＡの同時録音カメラを使った。

アメリカの代表的なニュース映画『ザ・マーチ・オブ・タイム』まで撮影班を送り込んできた。

攻略部隊の第十一軍主力は、日本一の勇猛を誇る熊本一〇六師団である。戦争をやらせたら神様といわれた熊本第六師団の特設部隊で、

色は黒いが血は赤い
胸をたたけばひと押しに
たちまち落とす城の数
ああ日本一の六師団

と歌いながら揚子江沿岸を攻めのぼっていった。これには社会部の斎藤栄一君が従軍していた。

大別山系を越えた第二軍は東久邇宮殿下（のち首相）を司令官として、難行軍の連続のうちに臨時首都・漢口に迫った。毎日の大宅壮一君はこの部隊に従軍していた。

昭和十三年九月三十日、一〇六師団は田家鎮に、十月六日に軍司令部は光州に進出した。海軍は遡上艦隊を編制し、近藤英次郎少将の指揮下に揚子江を漢口へと急いでいた。早く作戦を終わらないと減水期に入って軍艦が動けなくなってしまう心配があったので、入城式の目標は十一月三日の明治節とされていた。

私は大室中尉（戦後、航空自衛隊幕僚長）の操縦する偵察機で大別山系を越え、漢口上空へ飛んだ。

行軍中の味方部隊はさかんに手を振ってくれたが、パノラマのように美しい戦場上空を通過して漢口上空に入ると、猛烈な高射砲の弾幕を打ち上げられて胆を冷やした。敵も必死の抵抗を決意しているのだ。

この偵察飛行の結果、私は遡上艦隊に乗り込んで漢口入りする方が早道だと判断した。漢口の波止場に直接横付けできるからである。

そこでさっそく旗艦『安宅』に乗り組んだ。『安宅』は七百トンほどの小さな砲艦で、記者団が乗り組んでいるため、超満員であった。

遡上艦隊は呉鎮守府の特別陸戦隊員を同乗させていて、時に上陸して敵と戦闘を交えた。揚子江はチベットに源を発し、全長六千三百キロ、増水期には一万トンの船が漢口まで遡上してくる。

追いつめられた中国軍は、英米海軍の示唆で「機雷戦術」に出た。軍艦にとって機雷は苦手の伏兵だ。見えないところに潜んでドカンとくる。しかもこのときの敵の戦術というのは、揚子江の水流を利用して、浮遊機雷をどんどん流すという攻撃的な戦法だった。

艦隊参謀の説明によると、これは第一次大戦にトルコ海軍が、ダーダネルス海峡の潮流を利用して英国艦隊に大損害を与えた戦術だという。さすがに艦隊も勝手が違って、一日に五十メートルぐらいしか進めない日があった。それなのに毎日新聞の紙面には、

「江上艦隊、疾風の進撃」

という大見出しが立って現地の私たちは少々テレたものだ。

新聞を気にしたわけでもあるまいが、近藤司令官はついに機雷原強行突破を命令した。まず射撃の上手な水兵が艦首に立って、流れてくる機雷を撃つ。触角に当たれば爆発するし、穴があけば沈んでしまう。

しかしこれだけでは能率が上がらない。そこで全艦隊が全速で突っ走ることになった。つま

り艦首にできる波で機雷を左右に押し流してしまおうというのだ。あまり単純な戦法なのではほんとうにそうなるのかと艦隊参謀に聞くと、

「危険ですけれど、まあ先例がありますからね」

と笑っている。

それがまた例のダーダネルス海峡での英艦隊の方の先例だというのである。しかし『安宅』は十六ノットしか出ないボロ船であった。

艦隊はともかく遡上を開始した。はたして艦首の押しのけた機雷が舷側で爆発し、読売と同盟（現、共同通信）の記者が殉職してしまった。

私たちの苦労をよそに、映画班員は最後尾の『日本海丸』に乗って快適な旅を続けていた。同艦は客船を改造した掃海母艦で、ビフテキからアイスクリームまであったという。

遡上艦隊が漢口埠頭に着いて陸戦隊を上陸させたのは十月二十六日午前九時三十分。

その夜、私たちは毎日の漢口支局の建物に辿り着き、闇の中で社旗を掲げた。一方では英米租界がその特権を誇るかのように、明るくネオンまで輝かせているのが見えた。わが将兵はこれを非常に憤（いきどお）っていた。

入城式は盛大に行なわれ、大毎映画班の最新式ＲＣＡは大活躍をした。池田プロデューサー

はこのとき、たまたま録音技師が現場を離れたため、この新型機で自ら録音をやってのけた。

レシーバーを耳にかけていると、戦車隊が入城してくる。オヤッと顔を上げたが、音が聞こえない。不慣れな彼はやむなくボリュームを全開して、歩兵の靴音を戦車の走行音として録音したのである。ところが何も知らない内地では、「この戦車隊の録音は迫力がある」とされてNHKラジオの放送に使われたそうだから愉快である。

そのとき、毎日のデスクから連絡が来て、「もう少し仕事を続けているふりをして他社を現場に引きとめておけ」といわれた。しかたなく、彼はアイモからフィルムを抜いて空回しで時間を稼いでいた。

その頃、毎日のデスクでは、てんやわんやの大事件が持ち上がっていた。期待されたチャンピオンの大蔵パイロットが「今日は内地までは飛べない」といい出したのである。理由は天気が悪いからだという。

毎日の連中は殺気立っていた。千人からの内外報道陣を集めた漢口入城の記事と写真が毎日だけ間に合わないのでは、ただで済むものではない。

それに朝日や他社の飛行機は平気で離陸してゆくではないか。毎日関係者の形相(ぎょうそう)はだんだんスゴくなってきた。興奮して「なぐっちまえ」なんてのもいる。

私は大阪で何度も大蔵パイロットの飛行機に乗っていた。あるときは一緒に堺の海岸に不時着した経験もあったから、彼の操縦の腕は充分信頼していた。けれど漢口から内地までの長距離飛行には、操縦以外に「航法」の勉強がいる。かの徳川航空兵団でさえはじめは失敗したのである。

今頃騒いだってはじまらない。かくなる上は奥の手を出して陸軍飛行隊に輸送を頼もう。幸い徳川航空兵団のピストは近くにあった。近藤副官は気軽に引き受けてくれて原稿とフィルムは軍用機に積み込まれた。毎日が、久徳君個人の好意とは別に、正式に軍に輸送を依頼したのはこのときがはじめてだった。

殺気立っている毎日の連中はやっと納得したが、なお尾をひいて大蔵パイロットの辞職要求まで話題にのぼったようである。

武漢攻略で事変は一段落したが、蒋介石は降伏せずに重慶に逃れ、勝った方の日本軍はコレラとマラリアで大いに悩まされた。徳川将軍までコレラで入院する始末である。従軍記事ももはや精彩を欠き、報道陣は引き揚げを開始した。私も新名丈夫（しんみょうたけお）記者と交代に内地に帰ることになった。

この頃、毎日の高石真五郎会長が漢口で東久邇宮殿下にお目にかかった。

殿下は「新聞がここらで和平を提唱してはどうか」といわれたので、「そんなことをしたらこちらが大変なことになります」と申し上げたら、殿下は、

「新聞でも駄目かね」

と残念そうな顔をなさったそうである。

ノモンハン一番乗り

武漢作戦から帰った私は、当時日本が信託統治していた南太平洋の各諸島を空から訪問する、骨休めの取材を命ぜられた。初の南方航空路が横浜―サイパン―パラオ間に開設され、川西製の九七式大艇が就航したのだ。コバルトブルーの南洋諸島の海は後年、日米の激戦地となったのだが、当時はまだ平和そのものであった。

この取材から帰って幾日かのち、隣りの東亜部のデスクで、何事が起こったのか、にわかにざわめき立っている。電話をとる顔は緊張し、そのまわりにみんなが心配そうに集まっている。

社内電話を使ってこっそり親しい記者に聞くと、

「満ソ国境で空中戦」

と教えてくれた。

空中戦なら俺の出番だ、と思いながら様子をうかがっていると、平川編集主幹を囲んで上田社会部長と長岡東亜部長が密談をこらしながら、チラリチラリと私の方を見ている。しめた、とばかり私は、伝票に「満州出張費五百円也」と記入してポケットにしまった。やがて上田部長が手招きしたから「用件はこれですか」と伝票を差し出すと、両部長は真っ赤になって私をニランだ。あんな遠い席にいて、密談がどうしてバレたのか不思議でならないのだ。

そして二人は顔を見合わせて、

「こういう奴（やつ）っちゃからね、ほんまにかなわん」

そういいながらもすぐ伝票に判をおしてくれた。平川さんはといえば、

「かなわん、かなわん」

と例によって目を細めていた。

紛争の一つぐらいにしか考えられなかったのだ。のんびりした話だが、ノモンハン事件も第一報が入ったときは、当時繰り返されていた国境

関釜（かんぷ）連絡船で釜山（プサン）に着き、京城駅で平田潔京城支局次長に迎えられた私は、ここで前年の張

鼓峰事件のソビエト軍に関する情報を仕入れ、数日後、新京の満州総局に三池亥佐夫総局長を訪ねた。

ところが三池総局長は、

「せっかくだが、先日の空中戦は誤報らしい」

といい出した。

冗談ではない。新京くんだりまで出かけてきたのに誤報もないものだと腹を立てたが、相手が悪い。三池さんという人は僧門の出で、漢籍にも通じれば若山牧水門下で歌も詠むという人だから、少々のことではケンカにならない。

「ま、ノモンハンでも視察して帰りなさい」

とイナされてしまった。

ノモンハンでは昭和十年にもハルハ廟事件というのが起きていた。

満鉄のハイラル駅に降りて目についたのが日本人と白系露人（日本に亡命したロシア人）の姿であった。

ハイラルは昔、ホロンバイルと呼ばれ、遊牧民族である蒙古人と中国人との交易市場として栄えてきた。

ホロンバイル草原には、ノロという、カモシカみたいな動物が群れ、山七面鳥がよく捕れた。白いニラに似た花が咲き、塩湖が白く光っていた。

この草原を自動車でハイラルから約八時間走ったところが、ノモンハンである。

ハイラル郊外の小松原兵団司令部に挨拶に行くと、参謀は、

「偵察機が越境し合ったという程度で、ソ連は基地から国境まで数百キロもあるから大事には至るまい」

と落ち着いたものである。

記事になりそうな話もない、しかたがないのでボツボツ帰国するかと準備をはじめていると、昭和十四年五月十二日、今度こそ誤報ではなく、ハルハ河で戦闘が突発してしまった。

私はまず蒙都ホテルという三階建ての木賃ホテルを全館借りきった。戦場取材は「アゴアシ」の確保にはじまる。次にハイヤーを借り入れた。運転手付きである。

ノモンハン付近はハルハ河を挟んだ異部族が清朝時代から対立しており、外蒙古と内蒙古に分かれた当時も放牧をめぐってゴタゴタが絶えなかった。

五月十二日の第一回戦闘は、このハルハ河ではじまったのである。

ハイラルの小松原兵団とは第二十三師団のことで、ハイラルの航空隊は第十一戦隊と第二十四戦隊で編制されていた。

ハイラル市内には日本料理屋もあれば、芸者みたいな女もいた。

また毎朝兵営に出勤する将校を「いってらっしゃい」と細君や子供が送り出す風景が、あまりに内地的風景で、かえって異様に見えた。

白系露人も大勢いた。現地で雇ったハイヤーの運転手もそうだった。

その彼が、「日本軍司令部がこのハイラル中の自動車の徴発をはじめた」と通報してきた。急いで司令部に行くと、これから東(ひがし)騎兵連隊が出動するという。このとき、ハイラルにいた日本人記者は私一人。まぐれとはいえ、ツイていたわけである。

ところが、わが軍が出動すると敵はハルハ河を渡って逃げてしまい、騎兵連隊も間もなくハイラルに戻ってくるという。「これでもうおしまいかな」と私はがっかりしたが、それは終わりではなく、はじまりだったのであった。

翌日から敵機の越境偵察がはじまった。飛行機はソビエトの軍用機である。それはソビエト軍が本気で進攻する前兆に見えた。

もし「ソビエト・モンゴル相互援助条約」がすでに発動されているとすれば、これは内蒙古と外蒙古の「紛争」では終わらない。

現地のカンでは、事件は大きくなりそうである。

この判断を本社に伝えたいが、検閲もあり、まともに軍に知られるとうるさい。

私はなぞなぞみたいな電文を組んで、少々テレながら電信局に持っていった。

「タカイシトオクムラガケンカシ、オクムラハホンキデタカイシヲナグッタ　ゴトウ」

高石は毎日の会長、奥村は社長、つまり実力者同士が本気でケンカをはじめたぞ、小紛争では済まないぞ、とこの電報で伝えたのである。

それから私は蒙都ホテルの一階を支局として使い、二階を飛行隊パイロットのクラブに開放することに決め、各飛行部隊に申し入れた。

その反対給付としては、記者の飛行機便乗を特別に扱ってもらう。シナ戦線で覚えた奥の手だ。北支に劣らず、この北満の原野もまた、ただただ広いのである。

激戦に散った佐藤繁記者

なぞなぞがどうやら解けたと見えて、本社はノモンハン取材態勢を次のように指令してきた。

「総指揮、満州総局長三池亥佐夫。ハイラル前線指揮、後藤基治」

やがて連絡員を含めて二十人からの一団が派遣されてきた。橋本博、橘善守君らに続いて、通州事件で活躍した佐藤繁記者が朝五時半にハイラル駅に降り立った。

彼は出迎えた私に、

「やあ、助かりましたよ」

というので何の話かと思ったら、例の出張手当「五百円」のことであった。彼はその頃、カフェ「赤玉」のA嬢に惚れて、ツケがたまり、奥さんに苦労をかけていたのであった。

ここまでは人並みに汽車で赴任したが、浅井、小関の両君は、戦場の方角から戦車隊と一緒に入城して私を驚かせた。

二人はまず大興安嶺のふもとに駐屯していた安岡戦車隊に行き、その部隊移動とともに大草原を横断してハイラルに繰り込んできたのである。

戦況は楽観を許さなかった。五月二十八日の本格的な第一回戦闘では、山県部隊が大損害をこうむった。敵を深追いしすぎた東騎兵連隊も逆に包囲され、西部劇に登場するカスター連隊さながらに、連隊長を中心に円陣をつくったまま全員戦死してしまった。

将校たちはピリピリして、やたらに兵隊を怒鳴りつけた。それはシナ戦線では見られなかったこわばった表情だった。

「やはりロシアは手ごわいんだな」

と私たちは噂し合った。

六月二十七日、敵基地タムスクに大爆撃が敢行された。空の方は勝ち戦さで、朝日の入江徳郎記者は「ホロンバイルの荒鷲」を書いて、その勇戦ぶりを伝えた。

七月二日からの第二次戦闘の花形は安岡戦車隊である。それは歩兵にとっては頼もしい存在だった。第一次戦闘の敗因は、圧倒的な敵戦車にあると信じられていたからだ。

毎日もやはり戦車隊をマークしたが、六月のある日、記者たちがプリプリしながら司令部から帰ってきた。作戦の秘密保持のため戦車隊への従軍は不許可になったという。

「そんな馬鹿な」

と怒ったが、これがわれわれの生命を救う結果となった。

この日、ハルハ河右岸（満州国領）の敵橋頭堡に突入した戦車隊は大打撃を受け、連隊長まで戦死してしまったのである。

わが戦車隊の右岸橋頭堡攻撃に呼応してハルハ左岸（モンゴル領）に渡河した第二十三師団主力は、同日午後、ソビエト第七機甲旅団が五百キロの長駆機動で戦場に到着するや、たちまち粉砕されて右岸に押し戻され、逆に敵はハルハ右岸にどっしりと腰をおろしてしまった。

この草原の戦闘にも息抜きがなかったわけではない。敵は労農国家の軍隊だから日曜日はちゃんと休みをとる。そこでこちらも洗濯や戦場整理をして過ごした。

京城支局の平田君がやってきたので、戦場視察の案内をしたのはよかったが、こわれている敵戦車に近寄ったとたん、何を勘違いしたのかハルハ河の敵砲兵から一斉射撃を浴びせられ、二人で一目散に逃げたことがあった。「俺たちがよほど大物に見えたのだ」とあとで笑い話になったが、そのときの怖さは思い出してもゾッとするほどであった。

また休日を利用して支局全員が自動車で釣りに出かけたことがある。

道端の農民からミミズを買った。一匹一銭だという。「三十銭分くれ」というと、一匹ずつ地面に置いて数えはじめた。中には逃げてゆく奴もいる。それでも決してあわてないのが大陸的なのである。

川ではウグイの尺物が釣れたが、どうしたわけか日本人の竿には一匹もかからない。不思議なのでロシア人運転手の餌を見せてもらうと、ミミズをつぶして針にかけている。つまり、この地のウグイは動く餌を怖がるウブな魚なのであった。

佐藤繁記者が殉職したのは、この第二回戦闘と八月下旬の第三回戦闘の中間に、思いついたように行なわれた七月二十九日のわが軍の中間的攻撃の際であった。

第二回戦闘から間もなく、ハイラル駅には内地から続々重砲隊が到着しはじめた。見るからに太く逞しい十五センチ野戦重砲（キャノン砲）である。

大砲が大きいばかりではない。輓馬（ひきうま）もペルシュロンとかトロッターとか途方もなくでかい。トラクターもあった。砲を扱う兵隊までが全員相撲取りのようだ。

野重連隊はハイラル中の期待を集めた。

今や大きいことは良いことだった。これら「ジャンボ・キャノン」の話の上に、もう一つの特報が伝えられた。

それは、この砲兵連隊長が華族の名門鷹司大佐であり、東久邇若宮殿下が中隊長として勤務しているということであった。宮様のいる部隊を負ける戦場に出すはずがない。天皇の軍隊としての当然の成行きで、戦闘は「勝つ」はずだった。みんなの希望をいっぱいにのせ、泥柳の小枝で偽装した巨大な砲車の隊列は、大きな期待を背にハイラルの街並みを抜けて戦場へと進撃していった。

佐藤記者はその日、松山カメラマン、佐々木連絡員と一緒に出発した。午前中は砲兵隊から連絡機による偵察を行なったらしい。

午後、支局の電話がけたたましく鳴った。ハイラル飛行場に佐藤君が負傷して送られてきたという。

私たちが陸軍病院に飛び込んで病室のドアを押したのと、岡田軍医がカンフルを打ち終わったのと同時だった。

佐藤君の身体を動かしたはずみで背中に深く大きい貫通創が見えた。軍医は身ぶりで絶望を伝えた。

同行者の話では、偵察機に同乗して飛行場に着いた佐藤君が、松村戦隊の戦闘機の一番手前に近づいたとき、敵機が低空から襲ってきた。佐藤君は身を伏せてやり過ごし、ホッとして立ちあがったところへ、エンジンを止めた第二波が突っ込んできた。ソビエト空軍得意の対地襲撃法である。佐藤君は爆風に倒れ、病院まで飛行機で運ばれたときはもう手遅れだったという。

そして総攻撃の方はまたしても失敗に終わった。若宮殿下は敵の砲撃に生き埋めにされ、助け出したお付きの属官は重傷を負った。「ジャンボ・キャノン」は無惨に粉砕されて、進発のときの雄姿は見る影もなくなってしまった。

新京からすっ飛んできた三池総局長を迎えて、佐藤君の葬式は大急ぎで行なわれた。この日、急に灯火管制の命令が下り、夜に入っての火葬ができなくなったからである。ホロンバイル草原を見渡す一隅に薪が組まれ、僧門の出身である三池さんが読経をはじめると、火は点じられた。

朗々たる読経は参会者の涙を誘いながら草原の彼方へ流れていった。

佐藤記者の戦死を境に戦況はにわかに悪化の一途を辿りはじめた。

当初優勢だった飛行隊もしだいに押され、「空の至宝」と呼ばれた搭乗員たちが次々に戦死していった。撃墜王の谷島喜彦中尉（十六機撃墜）、篠原弘道少尉（五十八機撃墜）らに続いて、第十五戦隊長安倍克己大佐までが戦死した。

さらに第二十四戦隊の松村黄次郎隊長もまた着陸時を待ち伏せされて撃たれ、重傷を負ってしまった。制空権は敵方に握られつつあったようだ。

のちに、私は伊豆の療養所に松村隊長を見舞ったことがあった。大火傷を負い片脚の曲がった姿で彼は、「これで街を歩くとね、みんな声をひそめてジロジロ見るんだよ」とやりきれない表情で語った。そこには、あの騎兵科将校と粋を競ったブルーの襟章の航空兵科の華やかさは影をひそめ、一人の人間の苦悩がにじみ出ていた。

国際情勢も大きく変わり、独ソ不可侵条約が締結されようとしていた。そして八月二十日、この条約に励まされたかのようにソ連軍は大反撃に出た。巨大なローラーのような機甲部隊に突破された小松原兵団は、この戦闘で大半の兵力を失い、将校の多くが自決した。

しかし、この会戦に私たちは従軍を許されなかった。無線機の使用まで禁止されていたのだ。取材が再開されたのは現地停戦の成立後であった。

九月十五日の停戦式典は、二台のトラックをつなぎ合わせた式台の前で行なわれた。両軍代表は努めてにこやかに振る舞っていた。

この取材が私たちの最後の仕事であった。社は橋本博記者をハイラル支局長として残し、他の者には内地引き揚げを命じてきた。

ハイラル前線からの最後の送稿は、九月二十九日付本紙の「現地座談会、ノモンハン戦をかえりみて」であった。しかしあれだけの苦戦を語るのに「敵もまた近代装備」という見出しが精いっぱいであった。

もはや前線の取材活動は、軍人と同じ生命の危険をおかさねばできなくなっていた。

内地に帰って私は各地の講演会に出席したが、ノモンハン戦の報告は厳重な禁止事項とされた。

ある講演会で私が演壇に立とうとしたとき、同席の奥村社長からメモがまわってきた。

「憲兵がいるから話に注意せよ」

と書いてある。

従軍記者の大先輩である社長は、負け戦さに軍人が殺気立っていることを感じて、私に「自主規制」を求めたのであった。

この戦場が私の従軍記者時代の最後の仕事場となった。そして佐藤記者の戦死は、このあとの長い大戦の間に倒れた記者たちの、灰色の墓標の最初の一つだったのである。

「軍人」対「文人」

戦時中の私たち民間人は、いわば「軍人人種」ともいうべき異人種の支配下に生きてきたという見方ができるだろう。

軍服の威力は大したものだった。報道班員制度が実施され、従軍記者の身分は軍属の奏任官待遇（佐尉官相当）とされたが、下手をすると「軍人人種」の中では大したことはない上等兵あたりに怒鳴られる運命にあった。

それでもわれわれ「文人人種」の扱いについては、一般の国民とは違って何かと気を遣い、割に人柄の良い軍人を係にまわしてきたりしたが、それでもうまくはいかなかった。

たとえばフィリピン派遣の報道班は「人情部隊長」と呼ばれた勝屋中佐に率いられていたが、フィリピンに行くまでの徴用船の上で尾崎士郎、石坂洋次郎、今日出海（戦後、文化庁長官）といった面々が上等兵から「お前ら飯上げということも知らんのか、ボヤボヤするな」と怒鳴られ、南方総軍の寺内総司令官が乗船すると、ある将校は、これらわが国第一級の作家たちを集めて、

「お前たちのような見苦しい者が閣下の目に入ってはいけないから甲板に出るな。便所もなるべく夜行くようにしろ」

と訓示したという。今日出海氏はこれを懲用船と呼んだ。

ジャワに向かった大宅壮一君らの班は大木惇夫、武田麟太郎、阿部知二、石本統吉氏ら錚々たるメンバーで、「文化軍人」と呼ばれた町田中佐が引率していたが、それでも港で荷役にこき使われた。反骨の大宅君が、当時台湾人軍夫の間に流行していた「誉れの軍夫」という歌を

仕入れてきて歌いまくったのもそのときのことである。

それが荷物かつぎへの抵抗歌であることに気づいた町田中佐は、「憲兵隊に知られたら、ただでは済まんぞ」と青くなって叱ったという。

軍隊では、兵というものは将校に対しては絶対的に「至らぬ存在」である。だから将校は、学童に対して教師が絶対的に「大人」としていられるのと同じように君臨していられた。まして軍属においてをや、である。

しかし私たちが仕事をするには、これら軍人人種を口説いてうまくノセていかなければならない。そこに人知れぬ苦心があった。

「こういうの、大宅流でいうたらどないいうねん？」

と私が大宅君に聞くと、造語マシン氏はちょっと考えてから、

「ウン、それはつまり、いうなら『軍人たらし』とでもいうのだ」

とはじめた。彼によると「軍人たらし」にも甲乙あって、たとえばマニラの尾崎士郎の如きは「将官たらし」であり、「佐官たらし」が大宅で、私には「海軍たらし」というありがたくないニックネームがつけられた。そして、この「たらし術」に長ずることこそ戦時下においては「ご奉公」を全うする上で欠くべからざる心得だ、と氏はいうのである。

私が占領後の南方取材の際、シンガポール支局長だった高橋信三君（戦後、ＭＢＳ社長）とともにジャワを訪れると、大宅君らは町田中佐をかつぎ上げて、うまいこと「ご奉公」を全うしていた。

大宅君は大邸宅を接収し、そこで「白馬会」と「黒馬会」なるクラブを組織していた。そして軍司令部は長い間、それが「乗馬クラブ」であると信じ込まされていた。事実、邸には四、五頭の馬がいたことはいたが、誰も乗ったらしい形跡はなかった。

ある日、内地から赴任したばかりの将校が、噂を聞いて大邸宅を訪れ、入会を申し入れた。大宅君はそこで窮するような人ではない。入会するなら会長になっていただきたい、と条件をつけた。

実はこのクラブは「白馬」がオランダ系女性、「黒馬」がインドネシア女性が所属するクラブだったのである。

その後どうなったかは知らないが、その将校が入会を断わらなかったことだけはたしかである。

大宅君はまた「啓民文化研究所長」という肩書を現地軍からもらっていた。モテない連中は「あれはケイボー（閨房）文化研究所長だ」とやっかんだが、所長は彼らに目もくれず、研究に専念していた。

私がジャワからラバウルへと出発する朝、大宅君が「お土産だ」と包みをくれた。無造作に渡された包みの中身は、白い毛糸のタマであった。飛行機の旅をする私に、「今の内地では手に入らない物で軽い土産を」と心を砕いた贈物であった。

大宅君には旺盛な反骨精神の反面、あらゆる階層の人々への思いやり、それもほんとうの苦労をした人だけしか持ち得ない温かい心くばりがいつもあった。そして人前で悪ぶる、例の偽悪趣味の裏に、酒も煙草も飲まぬ謹厳なクリスチャンとしての彼がいた。だから人は彼を愛したのである。

報道班員制度の発足

私の「海軍たらし」は職務上やむを得ない苦労の添えものであって、口の堅い海軍の中で仕事をするには自然、特殊な人脈の中に入り込んで、ニュースソースを確保する必要があった。報道部の公式発表以外に記事にしなければならない特ダネを、他社の目をくぐって担当士官から手に入れるため、戦時も平時と変わるところのない取材競争が行なわれていたのである。

私が真珠湾攻撃の米国海軍側の報告を入手したのもその人脈からであった。この記事の中ではじめてレーダーの存在が紹介されたが、その翻訳を、当時は「電波探信儀」と呼ばず、「空襲警報機」といった。あの真珠湾攻撃では、空襲の少し前にこのレーダーがわが方の編隊の機影をとらえたにもかかわらず、当直将校はそれを「味方」と判定して上級指揮官に報告しなかったという。それにしても空襲警報機とはうまい言い方である。

真珠湾の九軍神の発表は華やかながら、少しぎこちないところがあった。「二人乗りなのに、なぜ一人不足なのか」と富永謙吾参謀に突っ込むと彼は苦しそうに、「うむ、一人乗りが一隻だけあった……のかな。詳しいことはまだ聞いてない」と逃げてしまった。

実は報道部は、はじめ写真も十人揃ったのしか用意していなかった。「十軍神」の予定だったのだ。未帰還イコール戦死と信じているところへ「酒巻少尉捕虜」という米軍側情報が入って、報道部はあわてて写真をバラバラにチョン切って発表した。富永参謀はあとで、「どうして一人だけ助かったのか、潜水艦ではそんなこと起こるはずがないのに……」と語っていた。

事実は終戦後、酒巻少尉が『捕虜第一号』で書いているように、コンパスが故障して座礁し、艇が大破したため、攻撃終了後の集合地点とされたラナイ島沖に向かう途中、誤ってオアフ島に上陸し、人事不省のまま捕まったのであった。なお、同乗の稲垣兵曹は艇から脱出したあと、行方不明になっている。

報道部が開戦前、ひそかに報道班員の徴用を準備していることを知ったのは、この富永参謀を通じてであった。

ある日、私と川野啓介記者が社の車で三宅坂をのぼっていくと、一人の海軍士官がさかんに合図している。それが富永氏であった。

車を止めると、「君に陸軍から徴用が来たろう」という。「徴用とは何だ」と聞くと、「今、陸海軍報道部の打ち合わせが情報局であったが、そこで、君は陸軍に徴用されることが決まった」というのである。それが報道班員制度の実施を知るきっかけであった。

のちに私の件は海軍側の尽力で沙汰やみになったが、朝日の後藤恒道さんと混線したりして、ちょっとした騒ぎになった。

「海軍はどうするのか」と富永氏に質問すると、浮かぬ顔で「海軍は貧乏だからな」と答えた。川野記者が思わず吹き出して「あの大演習の艦隊を見せておいて貧乏はないだろう」と冷やかしたが、富永氏の方はますます浮かぬ顔で海軍省の方へ去っていった。

ところが間もなく報道部から各社に対し、

「海軍報道班員となる記者の給料は申し訳ないが各社負担としてもらいたい」

という申し入れがあって、「海軍貧乏物語」が現実となって現われた。

当時、富永参謀は一カ年分四百万円の予算をこのために計上し、海軍大臣の決裁も得ておいたのに、いざ支出する段になって経理局が渋り出したのだという。

「いったい、この報道班員なるものはほんとうに海軍に必要なものなのかネ」

といわれて、頭にきた海軍報道部は必死で各方面の説得に奔走したが、部内で、どの予算からはじき出すかで揉めはじめ、とうとう三分の一に削減されてしまった、というのである。

そこで苦肉の策として、「新聞社員の給料は各社に負担してもらうが、その代わり、海軍としては実質的に『特派員的性格』を認める、したがって身分は『軍属』だが『特派員』として原稿を送ってもかまわない、また本来なら報道部に原稿を直送してくるところを、直接本社デスクに送稿してくださって結構だ」ということで、それならばと各社は協力を約束した。

つまり同じ報道班員に徴用されても海軍に限っては、記者活動の余地が残されたのである。

「同じ行くなら海軍が気楽だ」と当時いわれたのは、こうした柔軟性が残された結果であった。

それがケチン坊の経理局のおかげというところが少々情けないけれども――。

海軍が報道班員制度に着目したのは、もともと狭い艦内での待遇を明文化しようという実生活的な発想であった。

軍艦というものは余分なスペースは一つもないから、長期間の従軍では問題が多く発生する。たとえば食事も、士官食と下士官兵食では、ホテルのレストランとラーメン屋ぐらいも違う。また喫煙やビールなどを飲む場合にも、下士官兵は「煙草盆出せ」「酒保(しゅほ)開け」の命令がない限り許されない。しかも命令はそう頻繁には出されないのである。

次は補償問題である。軍艦では沈没ともなれば全員一緒だから、記者も兵員も危険率は同じである。その場合、補償や葬儀の扱いをどの階級に準ずるかを決めておかないと混乱が起こる。こういう問題を解決することに主眼があったので、陸軍がドイツ軍のＰＫ部隊を模範として、第一線の宣伝活動に投入しようとしたのとはだいぶ異なった発想なのである。

作家では丹羽文雄氏や石川達三氏、画家では藤田嗣治、佐藤敬、宮本三郎、伊東深水氏らが海軍報道班員として従軍したが、この人たちの報酬は何とか海軍が支払った模様である。

海軍省黒潮会

海軍省は、広い敷地（＊現在の中央合同庁舎）に、古風な赤煉瓦の端正なたたずまいを見せていた。当時の東京市麹町区霞ヶ関二丁目一番地である。

明治二十年頃、ドイツ人技師が設計した建物で、一階が半地下式になっていたので外からは二階が一階に見えた。そして高い大型の無線塔が印象的であった。

昭和十六年六月二十二日朝、海軍省内はあわただしい空気に包まれていた。この日、ドイツは、総兵力三百二十万、戦車三千八百台、火砲五万門という史上空前の大軍団をもって、怒濤のようにソビエト領内に進撃を開始し、世界中を震撼させたのである。

そしてこの日が、私の黒潮会（海軍省記者クラブ）への初出勤の日であった。

記者クラブに入ると、みんな総立ちになって会見の相手を政治担当の海軍省軍務局長とするか、作戦担当の軍令部第一部長とするかで、幹事を中心にやり合っている最中だった。

この年の二月、日本は親米派の海軍大将野村吉三郎元外相をワシントンに送り、以後、だらだらと和平交渉を続けていた。しかし前年締結された日独伊三国同盟を自国への挑戦と受け取っている米国の態度は強硬であった。

陸軍が国内の右翼勢力と結んで三国同盟への道を志向したのに対し、海軍は最後までこれに抵抗した。このため陸軍の恨みをかった米内（よない）光政内閣は倒され、次には吉田善吾海軍大臣も辞職に追い込まれ、及川古志郎大臣の時代になって、ようやく三国同盟は締結された。

海軍としては三国同盟のメリットを、米国の欧州参戦阻止、英国の降伏というあたりに見込んで踏みきったのである。

ドイツ海軍の先進性

さて、人にはさまざまな生い立ちがあるように、各国海軍もまた個性を持っている。とくに興味深いのがドイツ海軍であった。ドイツ艦隊は歴史的に英国海軍に対して「負け犬」の境涯を生きてきた。しかし負け犬も徹してみれば目が開けるものらしい。戦力的には二流であり、「専守防御」の戦略に立ちながら、戦術的着眼は絶えず攻撃に向けられていた。

たとえば潜水艦戦術がその一つである。潜水艦という兵器は、いわば伏兵であり忍者であって、捕捉されたらそれこそ死んだふりをするしかない。そういう潜水艦を数隻まとめ、「狼群」として攻撃兵器に転換したのがデーニッツ提督の着想であった。

機械水雷も従来は接触爆発を待つだけの純防御的な兵器であったが、これに感覚を与えて攻撃兵器に変えたのが、新発明の磁気機雷、音響機雷である。しかもその敷設を艦船ではなく航空機からの投下に切り替えたところに戦術的な重要性があった。後年、ベトナム戦争の際、北ベトナム沿岸封鎖に使用された米海軍の機雷も、このドイツ海軍の創作を改良したものである。それから水中翼船を発明した。新型機雷もこれには作動しない。ベトナム戦争の沿岸掃海にもこの水中翼船が活躍した。

ドイツ海軍のもう一つの特徴は軍艦の防御力の重視であった。防御装甲の増加のほか、側壁内の鉄パイプの集束使用など、いかにも工業国らしい実用的な工夫が行なわれた。そのアイデアを新興海軍国のアメリカがすぐまた真似をした。

たとえば「輪型陣」という防御体形を生み出したのもドイツ海軍であった。最初の発想は戦艦を防御するものだったが、アメリカはその中心を空母に入れ替えたのである。

こうしてドイツ海軍は英国を封鎖して身動きならぬように押さえ込んだ。その封鎖がもう数週間も続けば、食糧面から英国本土は屈服するといわれた。昭和十六年三月から五月にかけてドイツ海軍による記録的な船舶撃沈数が達成されていたのである（各社とも「イギリス降伏」の号外を用意していた）。

そのドイツがこの朝、百八十度の方向転換でソビエト国境を突破したのだから全世界は驚いた。その大軍団は昨日までは、ドーバー海峡に待機して英本土上陸を期していると信じられていたのである。

日本の戦略的立場も大きく変わらざるを得ない。南進か、北進かの「戦機」が到来したのであった。

海軍省の記者クラブ黒潮会は、玄関を入ったすぐ左手の部屋で、突き当たりと左側の壁いっぱいに尺板がはりつけられ、それが机代わりという殺風景なものだった。

昭和十六年当時のメンバーは朝日、毎日、読売、日経、東京、同盟の各社で、毎日のデスクはこの部屋の突き当たり左隅にあった。正面には永野修身（おさみ）大将の「黒潮温国」の書が飾られ、記者会見はここで行なわれた。会見時間は朝夕刊の締切りを考慮して、午前十一時と午後四時であった。

その発表には海軍報道部員があたった。海軍省には昔から軍事普及部というのがあり、水兵募集の映画会や講師のあっせんなどを担当して「チンドン屋」と呼ばれていたが、昭和十二年のシナ事変以来、「報道部」と看板替えをしたので担当士官も肩身が広くなった。大砲屋や水雷屋ならいいが、チンドン屋では幅が利かないのも当然である。

昭和十五年、内閣情報局が発足して言論統制を一本化すると同時に、海軍報道部は作戦報道の発表窓口として正式に省内で「人格権」を得た。そして軍令部第三部長が報道部長、海軍省軍務局第四課長が報道課長を兼任することになった。発足当時は前田稔部長、平出英夫課長で、その部下に田代中佐、富永少佐（新聞係）、唐木少佐、浜田少佐らがおり、のちにテレビ朝日の副社長となる松岡謙一郎氏が紅顔の主計中尉として富永少佐を補佐していた。

この日の報道部員のレクチャーは、もっぱら英仏海峡の制海権をめぐる問題であった。

ひと月ほど前、ドイツ新鋭戦艦『ビスマルク』が三日間の奮戦の甲斐もなく英艦隊に撃沈された。前に記したようにドイツの軍艦は防御力に優れていた。戦艦の強みは何といっても沈まないことである。不況に強い大会社と同じで、当時報道部の富永少佐が発表した「戦艦防御論」によると、防御力を戦艦一〇〇とすれば空母五七、巡洋艦二五、駆逐艦七・五、潜水艦四・三の比率となる。しかし全重量が決まっているのに防御装甲ばかり増やしたら、大砲や機関部が縮小され役に立たない艦になる。そこで各国ともエンジンの軽量化に懸命となっていた。

この海戦で『ビスマルク』は英戦艦『フッド』を轟沈したが、一九一六年製の『フッド』のエンジン一馬力あたり重量は三十キロ、『ビスマルク』は十キロという差があった。

その『ビスマルク』がなぜ敗れたか。実は英空母『アーク・ロイヤル』から飛び立った複葉の旧式雷撃機にやられたのである。ドイツには一隻も空母がなかった。この海戦で英本土周辺の制海権が英海軍にあることが立証され、ドイツは目を東方に転じたのではないか、というのがわが海軍報道部の観測であった。

触角人間

私の海軍記者第一日はこうしてはじまった。

「黒潮会」に加入してみて、まず驚いたのは長老連の多いことであった。どこの記者クラブにも長老格が存在して、新米記者にはわずらわしいことがあるものだが、ここにはまず海軍担当二十六年という最長老の内田栄老（読売）をはじめ、各社の老記者連がデンと控えていた。

内田さんがしきりに「山本君がね」というのでボーイさんに「誰のこと」とこっそり聞いてみたら、

「連合艦隊司令長官山本五十六閣下のことですよ、何しろ内田さんは山本中尉時代からのお友達ですから」

と、ニキビ面（づら）のくせに「今度の毎日さんはノサないな」という態度である。

実はこんなはずではなかったのだ。「海軍省詰めは臨時だから気楽にやってくれ」と、妙に優しかったデスクが恨めしい。

当時、毎日新聞の海軍記者は、栗原千代太郎君という昭和七年入社組の慶応ボーイだった。剣道の達人でハンサムだから「スマート」さを大事にする海軍士官とよく気が合った。当時、海軍次官だった山本五十六中将にも信頼されていたようだ。

昭和十二年、朝日新聞社が国産の『神風号』で欧亜連絡飛行に成功したことは毎日に大きな衝撃を与えた。毎日航空部はロッキードなど外国機に重点を置いてきたからである。

そこで毎日は何とかして国産機による世界一周の企画を実現しようと、当時海軍が三菱で完成し、渡洋爆撃に使いはじめた九六式中攻を提供してもらいたいとひそかに申し入れた。だが海軍もシナ事変の実戦部隊の補充で手いっぱいである。申し入れはいったん拒否された。これを再検討した上、部内の反対をなだめて実現に持ち込んでくれたのが山本海軍次官であった。

山本さんは保守的な省内にあって、ただ一人「パブリシティー」の真意を理解していた人である。かくて昭和十四年の『ニッポン号』世界一周の壮挙は実現した。全航程五万二千八百六十キロの大飛行で、とくにアラスカまでの北太平洋無着陸横断記録はプロペラ機では今もまだ破られていないはずである。

毎日は同型機を二機整備しておいた。長距離燃料タンクのほか、ドイツ製の新型爆撃照準器を利用して、偏流の自動修正を行なう航法装置も取り付けてあった。

この交渉に栗原記者の陰の努力があったことはもちろんである。

ところが栗原君は、アメリカの戦艦『ノースカロライナ』と『ワシントン』の進水の記事を毎日紙上に書いたことが、海軍当局と記者クラブの申し合わせ違反に問われて、昭和十六年五月、クラブを除名されてしまった。

この記事は秘密ではなくて、英字新聞にはすでに掲載済みだったから、栗原君としては軽い気持ちで書いたのだが、当時の記者クラブのしきたりで除名は免れなかったのである。

毎日は各社に裏面工作し、近いうちに除名を取り消すという了解を取り付けたので、私にはその間のショート・リリーフを務めてくれという話だった。だから私も気楽に受けて国会クラブから移動してきたのに、初日からこの騒ぎである。

この頃、毎日新聞社は『大阪毎日新聞』と『東京日日新聞』の二紙を発行していた（大毎と東日は昭和十八年元旦から『毎日新聞』に名称を統一した。しかし本篇では便宜上、すべて『毎日』で記述する。ちなみに大朝と東朝は昭和十五年に『朝日』に統一している）。

私は大阪毎日、つまり大毎社会部で育てられた。

当時の大阪では、大毎のバッジならモテモテだった。どこの飲み屋もツケがきいた。その頃有名だったカフェ「赤玉」に行くと、ノモンハンの取材で戦死した佐藤繁記者の彼女がいつもビールをおごってくれた。

当時の大毎には「朝日に負けるな！」と叫んだ本山彦一社長時代の「勇往邁進」の気風が生きていて、職場には活気が満ちあふれていた。社員の仲間意識も強く、仕事にも遊びにもマメな連中が揃っていた。

従軍していた古谷綱正君（戦後、ＴＢＳ解説者）が中支戦線から無事帰ったのを祝って北畠兼義君や礒江仁三郎（いそえじんざぶろう）君を集めて徹夜マージャンをやっていたら、神戸でタンクローリーが炎上し、みんなで線路を駆け通して現場に急行した思い出がある。

大宅壮一君は私とも若い頃から親しかった。あるとき、彼にオカマを取材したいと頼まれ、有名な藤間陰衛門を紹介したところ、その記事が東京の警視庁で問題となり、「大阪は取締りが手ぬるい」といわれた大阪警察は、釜ヶ崎の「彼女ら」一味を一斉に捕まえてしまった。東京から批判されなければ大阪の警察はこんなヤボはしなかったろうが、おかげで「あないなケッタイな男（大宅君のことである）連れて来やはって！」とずいぶん恨まれたことがある。

私の生家は織田作之助の『夫婦善哉』に出てくる法善寺境内の関東煮（だき）「正弁丹吾亭」である。

言い伝えによれば当家は大坂の陣で活躍した後藤又兵衛基次の血筋にあたる。それも又兵衛の兄さんの直系だから、基次豪傑よりは「もそっと偉いのや」と父は笑っていた。豪傑の兄さんの血筋というところが大阪らしくて面白いのである。

当時はまだのんびりした時代で、私は趣味と実益を兼ねて釣りばかりやっていた。釣り人口は関東より関西の方が圧倒的に多い。そこに目をつけた私は日曜版の片隅に釣り欄を設けてもらい「富田川の鮎解禁は五月三十日の予定」だとか「東二見の花見ガレイがシーズンを迎えた」などといった情報を釣り便りとして載せていたのだ。これがあまりに好評なのでやがて朝日や他紙も釣り欄を新設するようになった。

その大阪毎日から、私が東京政治部に移籍したのは、三国軍事同盟締結で政局が緊張し、政治の中心である東京本社の役割が大きくなった昭和十五年で、のちに竹槍事件で有名となった新名丈夫記者は私より二カ月ほど早く大阪から東京に移っていた。

東京本社に身を置いてみると、サラリーマン化していて品は良いが、何となく冷たい感じを受けた。大阪では古い都市の常として情報も特殊な人脈の中をめぐっているから、その一端に食い込んでいないと何もつかめない。

だから酒も遊びも仕事のうちで、身銭を切って働いた。それが「勇往邁進」の毎日魂と信じ込んでいた。仲間意識が強く、家族の慶弔などまで親身に助け合って生きていた。

ある事件で刑事からネタをとりたいのに金がない。そこで、そこの署長をたたき起こして金を借り、それで一杯飲ませてネタをつかんだ豪傑もいた。

東京が「頭で追う」取材なら、大阪は「脚で考える」取材で、人の気づかない穴にひげをふり立ててもぐり込むゴキブリ型の触角が必要だった。この触角はまたマージャンにも通用した。武田麟太郎氏は私が居眠りしながら勝ってしまうので「ケッタイな奴っちゃ」と怒っていたが、「触角人間」というアダ名を私につけたのはたしか大宅壮一君だった。

海軍夜間学校

海軍省の右も左もわからないでは困るだろう、と心配してくれたのは、クラブ最長老の内田栄老と、新聞係の富永謙吾少佐であった。

勤務が終わると富永少佐を大森の旅館に缶詰めにして、海軍に関する特別講義を聞いた。あまり猛勉なので「海軍夜間大学だな、これは」と少佐は苦笑していた。

長身の青年士官であった彼は赤坂辺りでもなかなかモテていた。規則では海軍士官が私服のときは丸い錨のバッジをつけるのだが、そんなときは適当に省略して「自由」の身になっていた。

幹事の内田栄老は読売であるが、親身に世話してくれた。海軍の名だたる将星の間をひきまわしてくれたのも氏である。

当時、吉田善吾、米内光政、岡田啓介といえば海軍の正統派を代表する最長老で、いわゆる「条約派」または「海軍左派」と呼ばれていた。だが三国同盟締結後は、国内的にはナチスばりの強権支配、国際的には反英米一色だったから、これらの提督たちは意見発表もままならず、新聞記者に対しても慎重な言葉づかいになっていた。

吉田善吾大将は前年の昭和十五年には海軍大臣として、三国同盟に最後まで反対して職を辞した人物である。

目黒の柿の木坂の私邸を訪れると、快く迎えてはくれるのだが、大変な狸おやじで、ネタになりそうな話は一つもくれない。

吉田善吾海軍大将

こちらが核心に触れてゆくと、スーッと立ちあがってハエたたきで壁をピシャリとやる。それに気勢をそがれてしまうのだが、実はハエなどはじめからいないのである。

ところが、話が松岡洋右氏に関係してくると、にわかに熱を帯びて、

「あいつはヒットラーとスターリンにのせられておるのだ」
と痛烈にこきおろした。松岡外相がモスクワで日ソ中立条約を結んで帰国したあと、近衛首相が進めていた日米和平工作を強引にぶちこわしてしまったからである。

米内大将はその頃麹町三年町に住んでいた。吉田大将の前の海相として山本次官とガッチリ手を組んで三国同盟に反対したことは有名である。

米内大将は無口な人柄でポツリポツリ話が出てくるのだが、あとでまとめてみるとなかなか深いところを見ているのに感心した。話が当時流行の「日米もし戦わば」に触れると、

「これからの戦争は日本海海戦のように主力艦隊が一つの戦闘海域で決戦して、一挙に勝敗を決めるようなことはあるまい。広い太平洋の各方面で連続的に海戦が行なわれる。その莫大な消耗が貧乏国には辛いんだなあ」

といった。この「辛いんだなあ」には実感がこもっていた。

岡田啓介大将の邸は新宿の角筈（つのはず）一丁目にあった。

そばに交番が特設されていたが、それは護衛というより、岡田大将邸の出入りを監視しているらしく、私たちもその交番で氏名や訪問理由を告げなければ入れなかった。

岡田大将は当時、海軍内の知謀第一と評され、三国同盟には終始反対の立場を堅持した。し

かし二・二六事件で反乱軍に襲撃されたとき、危うく生命拾いしたことがかえって世間の軽薄な指弾を浴びて、一切表面には出ないように心がけていた頃であった。

この人も相当な狸であったが、とぼけながらもこんな話をしてくれたことがある。

「日本とドイツの間にはインド洋がある。この広い海域は英国海軍がしっかり押さえている。陸の方はロシアに赤軍百万ががんばっている。そんなところとどうやって戦略物資の交換など実現できるのかね。今度の独ソ開戦にあたって、ドイツは日本に一片の通告もしなかったではないか。日本はこの非礼を口実に三国同盟を破棄するのが良策だったと思う。ドイツは君、ラブレターさえも届かん相手なのだよ」

またある日、岡田さんと「日本海軍論」を戦わしたことがあった。岡田さんはこういうのだ。

「日本の海軍では独自の考えを持ったり、個性ある人物は出世できない。そういうのは、せいぜい少将、下手すれば大佐で予備役にまわされてしまう。

これは斎藤実（まこと）さんが海軍大臣になったときにはじまった。斎藤さんは頭がズバ抜けて良かったから、自分の周囲に絶対服従の者だけ置いて、うるさいのは追い出してしまった。ところが、あとの連中は頭が悪いくせに形だけ同じことをやるものだから、今日では大将で骨っぽいのは山本五十六一人だけというありさまだ。

君、山本一人ですか、などといってくれるな。よくも山本が残ったものだ、と思っているんだ。佐藤市郎君はピカ一だった。海軍でも何十年に一人といわれた秀才だったが、結局は中将で予備役にまわされてしまった」

佐藤中将は、軍縮条約時代に活躍したホープで、その頃は山本、古賀（峯一）、堀（悌吉）の三羽ガラスが「条約推進派」の中堅として続いていた。

佐藤中将が海兵、海大を首席で通した秀才であるのに予備役にまわされたのは、この条約時代の活動が祟ったとされている。

私は岡田さんのこの話から佐藤中将に毎日の顧問になってもらうことを思いつき、のちに実現を見た。

しかし、その佐藤中将の弟、岸信介、佐藤栄作の両氏が、戦後揃って首相になろうとは、思いもよらなかった。口が悪いのは「先に生まれた市郎さんが脳みそを余分にとっちゃったので、あとのは頭の方は期待できないよ」などといっていた。

佐藤中将は毎日ではさしたる仕事もせず『海軍五十年史』を執筆したりしていた。この本は、前説である八幡船などの話が面白くて肝心の五十年史の方はさっぱり精彩を欠いていた。

岡田さんから中将の過去を聞いていた私には、その理由が何となくわかるような気がした。

迫り来る日米対決

海軍の長老たちの憂慮をよそに、太平洋をめぐる日米対決はますますけわしくなった。日本軍の南部仏印進駐とともに、アメリカは在米日本資産を凍結し、イギリス、オランダもこれに倣（なら）った。

昭和十六年八月一日、米国は石油製品を全面禁輸（航空用ガソリンは前年禁輸されていた）、オランダも石油協定と通商条約を破棄してきた。蘭印の石油だけは何とかならないかと芳沢特使が交渉に出かけたが無駄だった。

これを限りにアメリカ客船の日本寄港は禁止された。メリケン波止場の灯は消え、ＡＢＣＤ包囲陣の封鎖網は日本の生命線を押しつぶすかに見えた。米極東陸軍司令部がマニラに新設され、マッカーサー中将が司令官に就任したのもこの頃である。

近衛首相がルーズベルトに申し入れたハワイでの日米洋上会談も、米側の不同意でついに流産してしまった。

一方、ソビエトに攻め入ったドイツ軍は優勢な空軍と機甲軍団による機動作戦で、抵抗するソビエト軍を各地で分断し、勝利に近づきつつあるかに思えた。陸軍の鼻息は荒くなるばかりだ。

九月に入ると、海軍でも若手士官の目の色が変わってきた。「やるなら今だ。勝ち目があるとしたら今年、それも今をおいてない」と彼らはいいはじめた。省内の空気が大きく開戦に傾きつつあることは肌で感じられた。

理由は二つあった。一つは経済封鎖による打撃、とくに直接的には石油禁輸が痛烈であった。在外資産の大半を凍結されてしまった今日、いくら国民に節約を強いても経済から崩壊してしまうのは目に見えている。

いま一つは米国の海軍五カ年計画の予想外の進捗ぶりであった。

無条約時代に入った日米海軍はそれぞれ建艦競争に突入し、とくに日本の海軍力はここ数年で急速に強化され、昭和十六年当時は対米七割の線を超えていた。

だが、昭和十六年に開始された米国の建艦五カ年計画が完成すると、日本海軍は対米七割以下の劣勢に陥ってしまう。

それまでの研究によると、計数的にも、作戦的にも、七割以下の劣勢艦隊では勝率ゼロという結論が出されている。対米七割の戦力は海軍の悲願であって（ワシントン条約では対米六割に制限されてきた）、それが崩れてしまっては、はじめから勝負にならないのだ（＊ちなみに現在の海上自衛隊の戦力は対米一割以下である）。

なお開戦時の日米海軍力比は次の通り（開戦後就役の戦艦『大和』『武蔵』を除く）であった。

	戦艦	空母	巡洋艦	駆逐艦	潜水艦
日	9	6	35	108	59
米	15	6	32	159	104

海軍の内面的苦悩は相当深刻なものがあったが、発表機関である報道部としてはそんな事実はいえないから、「米海軍の五カ年計画は議会対策の誇大発表であり、併せて対日威嚇を策したものである。この計画を実現する建艦能力は今のアメリカにはない」と論評した。「そんな脅しにのるのは恐米思想だ」というのである。

しかし前述の栗原千代太郎記者除名の原因となった戦艦『ノースカロライナ』と『ワシント

ン』の建造は、前者が四十二カ月で昭和十六年四月に、後者は三十五カ月の超スピードで同年五月に完成されている。しかも海軍報道部はこの記事を差し止めたのである(ちなみに戦艦『大和』は四十九カ月で昭和十六年十二月に完成した)。

建艦問題ではボロが出そうなので報道部は兵員の戦闘精神の比較に話を変えてきた。

「軍艦なんかいくらできても兵員が整わないから大丈夫だ」

というのだ。

「アメリカの水兵募集映画は、海軍に入れば世界中をタダで見物でき、港々に女ありと宣伝している。こんな寄せ集めの兵員と、月月火水木金金の猛訓練に鍛えられた忠勇無双の帝国海軍将兵とでは戦闘精神においてダンチである」

と強調した。海軍の軍神は旅順閉塞隊の広瀬中佐であり、潜水艇の佐久間艇長であった。なるほど精神力においては日本海軍の方が上らしい、と私たちは納得させられた。

アメリカの軍神たち

ところが十月のある日、記者クラブの一人がとんでもない出版物を省内で見つけてきた。

海軍省教育局が海軍大学校に委嘱して編集した、士官のための教養本で『米国海軍の伝統精神』という題がついていた。

読んでびっくりしたのは、アメリカ海軍の歴史に軍神広瀬や佐久間艇長の兄貴分みたいのがゴロゴロしていることだった。

軍神広瀬によく似ているのが、トリポリ攻略の際のリチャード・ソマーズと十三人の決死隊であるが、やっていることはソマーズの方がものすごくて、自艦を点火爆発させ全員爆死してしまうのである。佐久間艇長の兄貴分は南北戦争の南軍潜水艦に乗り組んだディクソン中尉と五人の決死隊であろう。何しろ世界最初のこの潜水艦は人力推進装置で潜航三十分以内、時速四ノット、おまけに実験中、五回も沈没し二十人からの殉職者が出ていた。

そのドン亀でディクソン中尉らは北軍の戦艦『フーサトニック号』を見事に体当たり轟沈した。むろん全員戦死である。あとで考えれば、わが国の「回天特攻」の先祖ということになる。一方、北軍のカッシング中尉の水上爆装艇もまた、不沈をうたわれた南軍の鋼鉄艦を体当たり撃沈した。これまたわが「震洋特攻」の原典である。

また、アメリカ海軍が正式に軍神として祭っている「ジョン・ポール・ジョーンズ」の出現は大いに日本海軍の存在を意識した形跡がある。

アメリカの独立戦争当時、フランスはアメリカの同盟国として対英封鎖作戦に協力していた。ジョーンズは劣勢の艦隊を率いて、最精鋭をうたわれた当時の英艦隊を撃破したが、自艦は大破して英艦『セラビス』と刺し違えの状態となった。帆船時代であるから両艦ともロープでしばり合わせて映画に出てくるような白兵戦を繰り返したのである。そのうちジョーンズの艦はどうにもならなくなった。英艦長パーソンはのちにナイトに列せられた勇将であったが、ジョーンズに「そろそろ降伏したまえ」と呼びかけた。英語国民同士はこんなとき便利である。これに対し「いや戦いはこれからだ」（I have not yet begun to fight）の名言をはいたジョーンズは三時間三十分の夜間白兵戦ののち、形勢逆転、『セラビス』を分捕ってしまった。彼の名言は米海軍の戦闘標語に採用されて今日に至っている。

それは一七七九年九月二十三日のことであった。ジョーンズは分捕った『セラビス』に乗り込んで意気揚々とフランスの基地に帰ってきた。彼の乗艦は、敵が降伏すると間もなく沈んでしまったのだ。この事件で彼は一躍、世界的英雄になった。

フランス国王はじめ貴族社会は華やかに彼を迎えた。そこまではよかった。

美酒と美女、栄光と富に取り囲まれたジョーンズは、本国海軍当局の帰国命令を無視してパリを楽しんだ。ここらがヤンキーらしいところだが、あまりにも身勝手な「英雄」にあきれ返った部下は、彼の私物を波止場に放り投げて帰国してしまった。
米海軍を去ったジョーンズは露国海軍少将となって、トルコ海軍を黒海に撃破する手柄を立てたが、ここでも女性問題などを起こしてエカテリーナ女帝や夫のポチョムキン公の信を失い、貧窮のうちにパリに客死した。四十五歳であった。

そのジョーンズがアナポリスの海軍兵学校に軍神として迎えられたのは、死後百余年を経た日本海海戦の翌年であった。時の大統領セオドア・ルーズベルトは「米海軍の父」と呼ばれる大海軍建設論者であり、その誕生日（十月二十七日）がアメリカ海軍記念日となっているほど縁が深く、日本を仮想敵国と決めたのもこの人である。となれば、日本海海戦の輝かしい勝利に刺激され、ジョーンズを軍神に仕立てたくなった心境もわからないではない。

それにしても教育局は今頃、どんなつもりでこんな本を出したのだろう。「若い連中に頭を冷やせ、と忠告するつもりかな、それならまず報道部に読まさにゃ」と私たちは軽口をたたいたが、この巨大な敵といやでも戦わざるを得ない祖国の運命を思うと、身の引き締まるものを感じた。

私たちの「恐米思想」を吹き払うように、十月に入ると、周防灘（すおうなだ）で連合艦隊の大演習が行なわれるという発表があった。

私もその頃は黒潮会の正会員になっていた。「後藤ならヌカれる心配はないが有能な栗原千代太郎君に復帰されては枕を高くして寝られない」と他社が共謀して、栗原記者のクラブ復帰を「お流れ」にしてしまったのである。

この取材に、海軍は珍しく記者たちを岩国まで飛行機で送るというサービスがついた。このときの大演習の写真が、開戦後のポスターやグラビアに実戦の模様の代わりに使われた。毎日からは川野啓介記者が参加したが、帰ってくるなり声をひそめて「おい、いたぞ、でかい新型戦艦が二杯もいた」とささやいた。

当時、新型戦艦の噂はひそかに流れていた。この噂のもとは何とアメリカのスターク海軍作戦部長であった。彼は「日本海軍がかつてない巨大艦を三隻ないし四隻建造中」とスッパ抜いたのだ。これに対し、日頃冷静な日本海軍側が「これは米海軍の予算獲得のための宣伝だ」と珍しく色をなして反論した。そこで私たちは巨大艦の噂は事実だと割り出していた。

それを川野記者が見たというのだから、私はたちまち信じてしまった。

ところが、開戦後になってわかったことだが、川野記者が見たと思った艦は新型の巡洋艦か何かで、『大和』も『武蔵』もこの当時はまだ就役していなかった。

当時の報道管制が生んだ笑い話の一つである。

ところで、独ソ戦は昭和十六年六月二十二日にはじまったが、スターリンは保養地にあり、事前に潜入した独軍諜報部隊の手で各地の通信線が切断されたため状況が判明せず、モスクワが反撃命令を下したのは、実に独軍越境の三時間後であった。

したがって緒戦の状況は「八週間でロシアを片付ける」と豪語したヒットラーの予言が実現するかに見えた。

日本は七月二日の御前会議で「対英米戦ヲ辞セズ」と決定して、二十三日、南部仏印進駐を強行する一方、ソ連に対しては「独ソ戦ノ推移帝国ノ為有利ニ進展セバ武力ヲ行使」してソ連に攻め入ることを決め、七月十三日付で有名な「関特演」を発令、八十万の大軍を満ソ国境に集結した。締結したばかりの日ソ中立条約は踏みにじるつもりであったから、終戦時のソビエト軍の満州侵入に対してあまり立派な口はきけないことになる。

米英蘭は、南部仏印進駐に対し厳しく反応し、前記のように日本資産凍結、通商条約の廃棄が通告された。また蘭印との石油及び金融協定が停止し、年間二百八十万トンの石油が止まった。また八月一日、米国は石油全面禁輸を決めた。

まさに「ガソリンの一滴、血の一滴」の危機であった。年間の必要量三百五十万トンに対し、国内産油三十万トン、人造石油二十万トン、貯油量は陸海民間合わせて七百万トンにすぎなかった。

型破りな軍人

富永少佐に引率された記者団が大演習の取材に出かけた十月十六日、近衛第三次内閣はついに総辞職に追い込まれてしまった。

アメリカとの和平交渉の最大の争点は中国からの陸軍の撤兵であったが、陸軍は、

「百五十億の国費と十万の戦死者のことを思えば、断じて撤兵することはできない」

と強硬に突っぱねた。このため近衛公は、

「それでは日米開戦しかないが、戦争には自信がないから職を辞するほかはない」

として総辞職してしまったのだ。

その頃、私は情報交換のため毎週木曜日、東京憲兵隊の特高課長塚本誠中佐（戦後、電通取締役）、首相官邸記者クラブの住本利男記者、陸軍省記者クラブの栗原広美記者、それに内閣情報局員の福田篤泰（とくやす）氏（戦後、自民党代議士）と懇談会を持っていた。この塚本氏は上海で

影佐(かげさ)機関を補佐し、この年の八月に東京憲兵隊に赴任してきたばかりだったが、上海での経験から世論指導には柔軟な感覚を持っていた。

また表芸もさることながら、お遊びの方も軍人とは思えないほど上手で粋であった。吉原の「松葉屋」に二人でよく遊びに行ったが、「たいこ持ち」がすっかりオハコをとられて、あきれ返ったあげく、「貴殿は多年幇間(ほうかん)（たいこ持ちのこと）文化の発展に貢献したるをもって」と「表彰状」を奉ったほどである。

その頃、吉原に警視庁から通達が届いた。非常時局の今日、歌舞音曲を禁ずる、というのである。

「松葉屋」のおかみからそのことを聞かされた塚本中佐は、日本堤警察に乗り込んで署長に直談判した。「花の吉原から歌舞音曲を取り上げるのは軍人が軍刀を取り上げられるのと同じだ」とか何とか理屈をつけて、つまりは憲兵隊の威光で撤回させてしまった。

感激した「松葉屋」のおかみが吉原三十六軒を代表して、感謝状を贈呈したが、そのとき、おかみが「塚本さん、陸軍大臣からでなくてごめんなさい」といったら、塚本中佐は「いや、ずんとありがたいね」と澄まして小唄をうなっていた。

頭の回転が良すぎてしくじることもあった。ある晩、新橋の「山口」で飲んでいたとき、私は女房が大阪から東京駅に着く頃なので中座を申し出た。彼が「誰？」と聞くから、「日頃えらい世話になっている人や」と答えると、何を勘違いしたのか「俺にも紹介してくれ」といい出した。たぶん大阪財界の誰かとでも思ったのであろう。

私が女房と「山口」に戻ると、彼は芸者を集めて待っていた。女房を見るなり、さすがに「あっ！」といったが、そこは達人、上座に据えて平伏するなり「奥様、お流れを」とやってのけた。

あとで「参ったな、ありゃたしかにえらい世話になってる人だ」と頭をかいていたが、この彼との交流が、あとで「東条内閣成立のスクープ」に役立った。

三人の首相候補

組閣の取材は今も昔も政治部長の腕の見せどころだが、当時は重臣会議とか、雲の上の意向が主なので、やりにくいことばかりであった。

近衛辞任後、政治部はさっそく会議を持ったが、「今度は陸軍の現役将官から出るらしい」との判断で、候補は畑俊六、寺内寿一（ひさいち）、それに東条英機陸軍大臣の三者に絞られた。前の二者は大将である。東条中将もあと一カ月で五年の大将資格年限に達する陸軍のホープだから、これが最有力候補とみなされていた。

畑俊六大将はシナ派遣軍総司令官として南京にいたが、この人は何度も首班の噂にのぼった古参で、前の年、朝日新聞が米内内閣成立の際、陸軍の情報を信じて「畑大将に大命降下」の号外を出してしまった。陸軍は畑首班を確信し、朝日がまた陸軍を信じたために起こった失敗である。そのためばかりでもあるまいが、米内内閣に対する陸軍の風当たりは強く、最後には陸軍大臣の後任を出さないという戦術で米内内閣を強引につぶしてしまった。

さて当時、私は海軍省軍務局の芝中佐と親しくしていた。軍務局は政治向きを扱うセクションである。このとき、芝中佐が、

「現地からの情報で、陸軍大将が南京飛行場を出発するのを目撃したといってきた。だから畑大将が東京に帰り大命をお受けするらしい」

と伝えてくれた。陸軍大将といえば、当時南京には総司令官の畑大将しかいるはずがない。そこで私は社内で「畑首班説」を強く唱え、かくて毎日は「畑首班」の方向でスタートを切った。

一方、塚本中佐は憲兵隊司令部にあって政局の動向を追っていたが、その情報源の一つが海軍省軍務局の中にあった。

塚本中佐によると、政変を知ったのは十六日、東条陸相の赤松秘書官が「杉山さんに引導を渡してきたよ」と伝えたときだった。杉山参謀総長に総辞職を承知させたという意味だ。続いて、近衛公の別邸である荻外荘（てきがいそう）を受け持っていた花田憲兵曹長から「後任は陸軍現役から出るほかあるまい」という公の政局観を伝えてきた。

また毎日の政治部長渡瀬亮輔氏（当時、私の上司）と親しい横尾憲兵中尉から「毎日は畑説だろう。畑さんはすでに南京を発ったという情報も入っている」と塚本君にいってきたという。憲兵隊の情報網というのは大変なものであったことがこれでわかる。

そこへまた海軍省軍務局の末沢慶政（すえざわよしまさ）中佐から「畑大将が南京を発ったそうだ」と伝えてきた。「これは毎日情報とピタリ合う」と塚本君は思ったそうだが、情報の出所が同じなのだから合うはずで、ただ私の方がちょっと早かっただけである。ここまでは快調であった。

この日は昔の「神嘗祭（かんなめさい）」にあたり新聞休刊日だから、まず複数候補をあげて号外第一号を流した。

一方、塚本中佐の方は畑説を確信しながらも、もう一つ裏付けを求めていた。

いろいろ研究すると、腑に落ちない点がある。それは畑総司令官が親補職だという点だ。親補職である軍司令官が任地を離れるには、あらかじめ陛下に陸相から内奏してお許しを得ねばならないが、その確認がとれなかった。

どうしたら確認できるだろうと研究するうち、侍従武官に陸相参内を問い合わせてみたらという者がいて、山県有光武官に電話を入れてみた。ところが、その答えは意外にも「陸相は参内せられず」であった。

こうなるとややこしい。南京に大将は一人しかいない。その一人の大将がたしかに東京に向かっているのに、陛下へのお許しは願い出ていない。しかし、お許しも待たず現地を離れることは絶対にあり得ないのだ。塚本中佐はふたたび海軍省の末沢中佐に連絡し、南京情報の再調査を依頼した。

この時刻、東条陸相の赤松秘書官から「本日の出席は誰々か」と聞いてきた。

この日、後継首班を決める重臣会議は午後一時から開かれていたが、秘書官がこんなことを尋ねるのは、東条陸相の身辺にも大命拝受の気配がない証拠である。

では寺内寿一大将だろうか、いや皇族内閣の噂さえ立ち消えになったというのに、伯爵の御曹司を立てるはずがない。

そこへ末沢中佐から「畑説取り消し。南京を発った大将は旅行中の朝香宮殿下でした」といってきた。よもやと思った大将がもう一人いたのである。これで畑説は完全に消えた。

その少し前、私も海軍省の芝中佐からこの情報を聞き、取るものもとりあえず麹町の米内邸へと車を飛ばしていた。

四時過ぎになって重臣会議を終わって米内さんが帰邸した。他社の連中も何か引き出そうと質問を浴びせるが、むろん答えはない。

記者団は引き揚げることになった。

残るのは寺内か東条のどちらかだ。ちょっとした暗示でももらえないか、と玄関に引き返した私は米内さんに尋ねた。

「あの、頭は禿げていますか」

瞬間、米内さんは天井をあおいで、「ウーム」と考え込んだ。米内さんはオトボケのできる人柄ではない。本気で一瞬考え込んだのだ。私はとっさに「東条首班」を確信した。

畑大将はゴマ塩頭だし、寺内大将は有名なピリケン禿げだ。残る東条中将はというと、禿げていないでもないが、禿げとも即答しかねる。米内さんは困ったのであろう。

東条内閣をスクープ

社に戻って「東条首班に決定」と報告し、号外発行を迫った。しかし渡瀬政治部長は陸軍関係の情報網から、東条首班はあり得ないという報告を受けていた。事実、陸軍内部でもまだ東条中将への大命降下は予想していなかったらしい。渡瀬部長はまた土肥原中将と縁続きだった関係から陸軍の情報に詳しかった。

私をつかまえて「すぐ米内大将に電話して確かめよ」と命じた。記者が海軍大将を電話口に呼び出せるような時代ではない。無茶もいい加減にしろ、といいたいが、ここは個人の面子よりもスクープを生かすことが先決である。

米内邸の電話はたしか「銀座局の三十八番」という番号であった。当たって砕けろと電話し、名前を告げると、驚いたことに米内さんが電話に出たのである。

「ところで閣下、先ほどのお話では東条陸相に大命降る、ということでございましたね」

米内さんは一瞬沈黙した。が、すぐ、

「そう、君に誰かがそんなことといってましたな」

という答えが返ってきた。

米内光政海軍大将

米内さんはその人柄を、「語尾を濁さない人」と評されていた。この電話でデスクの空気は一変した。こうしてこの日の三回目の号外によって毎日新聞は「東条首班」をスクープすることができた（その後、私の米内邸詣では定期化する）。

東京憲兵隊の塚本中佐の方も、この頃には東条首班説に固まりはじめていた。

午後四時頃、陸軍大臣を担当する憲兵から「東条陸相がただ今から参内されます」と連絡してきた。

東条陸相は、折から甘粕（あまかす）正彦元憲兵大尉と懇談中であった。甘粕氏はソ連を攻撃するな、と進言に来たのである。そこへお召しがあった。

間もなく陸軍省詰めの憲兵から、

「ただ今、東条陸相に大命降下した旨、秘書官の赤松中佐から発表されました」

との報告が入った。

ホッとしているとまた電話が入って、

「ただ今の発表は取り消されました」

といってきた。

塚本中佐はぼう然となった。一度参内して大命を受けた直後に取り消しになるとしたら、よほど重大な異変が持ち上がったに違いない。陸軍、いや国家の一大事である、と緊張して問い返すと、先方の憲兵もあわてていて、

「いえ、その発表を取り消す、というのであります。あの、大命はたしかに降下したのでありますが、発表を、であります」

と混乱してよくわからない。事の真相は、赤松中佐が陸軍省で大命降下の発表をしてしまったが、こうした重大事項を一中佐が扱うことが間違いで、それは国務大臣たる内閣情報局総裁の担当なのであった。しかし赤松中佐は、親分が総理になったので、「天下は陸軍のものだ」ぐらいの気分で、発表をやってのけてしまった。

これにはさすがに情報局が怒り出し、ついに「発表行為を取り消す」という珍事に至ったのである。当時の青年将校の気負いがうかがわれるではないか。

東条内閣は十八日成立し、同日付で大将に進級した。

翌日、海軍省に行くと士官たちは、「東条大将は大命降下に喜んで、靖国神社から明治神宮と神様にお礼参りをして歩いたそうではないか」と冷やかしていた。

「和」か「戦」か

一説によると、木戸幸一内府は陸軍を押さえるため東条内閣を推進したというが、たしかに陸軍は押さえ得たとしても、それだけでは戦争を防ぐことにはならなかった。

何よりもアメリカの反発が厳しかった。マニラからの外電によると、マニラ港内には数十隻の米国船舶がゴッタ返しているという。ノックス米海軍長官が、東条内閣成立とともに緊急警戒を発令し、「太平洋航行中の全米国船舶はただちに友好国の港に避難せよ」と命じたからであった。

東条が出たらすぐにも奇襲がはじまるかもしれない、と米国はおびえたのだ。

その東条首班で和平に持っていけると木戸が考えたとすれば、あまりにも大きな情勢判断のズレである。

さて、戦うならその開戦はいつか、という問題は新聞記者の場合まったく命がけの取材対象であった。

まだ和平交渉は続いているし、十一月初旬には来栖大使が新たな特命全権大使として、最後の妥協案を携えて、クリッパー機で渡米した。「和」の可能性だって生きている。

来栖大使は、最初の米領土であるマニラに着くと盛大なパーティーを催し、アジア艦隊司令長官ハート大将まで出席した。

大使の夫人が生粋のシカゴ娘だったことと併せて、両国の和平にいくらかの光明が感じられた、と現地電は伝えていた。

しかし海軍省内を見ていると、各艦隊や鎮守府のお偉方が背広姿でぞろりと集まってくる。黒潮会の部屋をのぞいてなつかしそうに挨拶する人もいた。「戦」の動きもまたあわただしくなるばかりである。

黒いカバンの中身

十一月十二日の午後二時頃だったと思う。私は米内邸を訪れた。

「よう、あがれよ」

と提督も心待ちにしている様子だった。すぐに女中さんが紅茶を運んできた。

何げない話の中に、マニラの現地電を交えたりして反応を見たが、米内さんはただうなずくばかりで、ブランデーをたっぷりたらした紅茶をすすりながら聞き役にまわっていた。

私が、「雲行きはだんだん怪しいんじゃないですか」と尋ねると提督は「狂気の沙汰だ」と吐き捨てるようにいった。

「じゃ、やるんですか」

と突っ込むと、

「ちょっと失敬する」

と、机の上の黒い鞄を開けて中からザラ紙をひとつづり滑り出させ、そのまま姿を消した。その出しかけの書類を見た瞬間、私はそれが「読んでおけ」という意味だ、と理解できた。私は鞄をそっと引き寄せた。その書類は白表紙のついた薄いもので、「帝国国策遂行要領」と楷書で書かれており、ぺらぺらめくると「仏領インドシナ、蘭領インド、タイ」などの南方各地の地名とともに、武力発動は「十二月初旬」というのが読めた。私はそこまで見て書類を鞄に押し戻した。

米内さんはトイレから戻ってくるなり、鞄をチラと見て、

「この中には君の見たがっているものが入っているのだが、それを見せれば僕は銃殺、コレだよ」

と首をたたいて見せた。

私は邸を辞すると、社へ急いだ。

私は考えた。

「なぜそんな大切な、死をも覚悟したようなものを私に拾わせたのか。もしかしたら、新聞記者だから、紙面にそれらしいものを書きはせぬだろうか、もしかしたら、戦争突入を避けるような工夫を考えてくれはせぬか、そんな最終的な思考が提督にあったのではなかろうか。それならばこそ、提督は死を賭して私にザラ紙を見せたのではなかろうか」

提督の肚の中がそのように推測されるだけに、私も苦しんだ……。

新聞社では極秘扱いの重大情報は、その概要と出所を明記したメモとし、最高幹部にだけ回覧するのが決まりである。

しかし、この米内情報だけはメモにすることもはばかられた。

当時の言論報道は内閣情報局の厳しい言論指導と検閲にしばられていた。

治安維持法や軍機保護法、さらに新聞紙法で紙面を抑制されただけでなく、記者個人の行動もまた法律でしばられていた。

「新聞紙法」「新聞紙等掲載禁止令」「新聞事業令」「言論出版集会結社取締法」「出版法」「戦時刑事特別法」と、これらの法律を並べるだけで今日の読者はうんざりするに違いないが、その下で生活し働かざるを得なかったわれわれは「うんざり」ぐらいで済む話ではなかった。国家は新聞紙法第二十三条で禁止または差し押さえができたし、国家総動員法第二十条によっても「新聞紙その他の出版物の掲載につき制限又は禁止」ができた。

また、記者が業務上知り得た軍事上の秘密をもらした場合、死刑または三年以上の懲役に処することが軍機保護法に決められていた。

このような制限をそのまま受け入れるならば、情報局と報道部の正式発表以外は、実質的にはすべて執筆不能となるわけで、新聞連盟も各社も現実的に極力幅を広げる努力はしていた。

「新聞合同会社」なる国策会社構想を、陸軍と内閣情報局が推進したのもこの頃であった。

これは用紙割当という経済的な実権を利用して、一県一紙と同時に三大紙を一会社に統一し、社長を政府が任命しようという案であった。吉積陸軍少将、松村報道部長ら情報局や陸軍報道部のメンバーが強力に動いて、全地方紙を賛成させたため危うく新聞連盟は屈服しかけた。反対は、朝、毎、読の三大紙だけであった。幸い「毎日の大久保彦左衛門」といわれた山田潤二常務と読売の正力松太郎社長、朝日の緒方竹虎副社長の三氏が組んで、三社の全幹部を赤坂の星ヶ岡茶寮に集め、「たとえ廃刊を命ぜられるとも、一致して政府原案と闘う」と申し合わせて政府に反抗したため、陸軍側もついにあきらめた。新聞の「自由」が守られたかどうかより、ともあれ「存続」を何とか全うするのが精いっぱいだったのである。

こんな空気の中だから、和平派の米内さんの名が新聞にもれるようなことがあれば、米内さんが重罪に問われることになる。この年の春から「国防保安法」が新設されて、御前会議や閣議まで機密漏洩を取り締まることになったからだ。

とても今日の「知る権利」など、といった次元のお話ではない。

しゃべるのはもちろん、知るべからざることを知り、思うべからざることを心に抱いたことがすでに罪なのである。いうなれば「汝心に姦淫（かんいん）するなかれ」の論法が取締りの根本態度であった。

とりあえず私は、上司に口頭で、「たしかな筋、海軍某高官から開戦は十二月上旬ともらされた」と報告したが、「あーそうかね」で終わりだった。無理もない。高官の名は出せないし、それに私は政治部では新米だった。いきなりそういわれてもピンと来なかったのだろう。

「はじまるぞ、いよいよ」

こんな事情で、社内は思うように反応してくれなかった。

そうしたある日、珍しく久徳通夫陸軍少佐から社に電話がかかった。陸軍航空本部から近く外地に転ずるので会いたいという。

この人は「軍人人種」の中では異色の存在であった。陸軍航空気象草分けのベテラン、前に紹介したが、シナ事変に私が従軍したとき、北支の徳川航空兵団にあって、毎日の取材には協力を惜しまなかった人物である。

当時、毎日航空部は、正直いって『神風号』の朝日より数歩遅れていた。広い大陸での取材競争では、航空部の格差はそのまま紙面に反映される。このとき久徳少佐は陸軍機で毎日を助けてくれたのだった。毎日の原稿はすぐ九州の雁ノ巣（がんのす）飛行場に送られた。人員まで運んでくれた。徳川兵団長と私の親交もあったが、実際は久徳少佐の好意なのである。

その久徳少佐は、真っ黒に日焼けしていた。

「まるで南洋の土人だな」と冷やかしたら、彼は正直に「うん、バンコクにいた」という。用件というのは、そのバンコクにいる毎日支局員の庄子（しょうじ）勇之助君（戦後、ＴＢＳ取締役）を本社に呼び返せないか、というのであった。

「なぜか」と聞くと、彼は身を乗り出すようにして「はじまるぞ、いよいよ」と私の耳にささやいた。

久徳君は九月末までバンコクに私服で潜入し、マレー半島の気象資料を半年にわたって収集したのだという。そのとき、シナ戦線で親しかった庄子君にばったり会った。庄子君はその頃新婚早々であった。

久徳少佐は計画を庄子君に打ち明け協力を求めたのだ。おかげで久徳少佐は任務を達成できたが、庄子君は当局からマークされているという。

「危ないから彼を日本へ帰してやってくれ」

というのである。

久徳少佐は、陸軍砲工学校に設置された航空気象の専科を恩賜の銀時計組で卒業し、ドイツ留学もした人だが、一種の豪傑であった。

シナ戦線での毎日への協力にしてもトコトンまでやってのける。やりすぎるぐらいやってはじめて納得する。そういう人柄だから酒も飲み出すと止まらない。杯を自前の鉄扇にのせて乾杯する挨拶が自慢だったが、またあるときは軍の暴走を憂えて、なぜ朝、毎、読が力を合わせて事変拡大を抑えないかと迫ったりする。もっとも、矛盾しているから豪傑は面白いので、何事もいちずに思い込むところが彼の良さなのである。

彼にいわせると日本陸軍ほど非科学的な軍隊は世界にないのであった。彼の専門の航空気象学は高等数学を必要とする特殊な分野なのに、陸軍は負傷して飛べなくなった飛行将校とか、成績が悪くて引き取り先のない者とかを配属してくる。こんなことで戦争はできないと怒っていた。

終戦直前、彼は北海道の気象隊長として中谷宇吉郎博士らの協力で霧の研究をやっていた。彼の研究者への尊敬がこれまたいちずなので、中谷博士らは感心したり、閉口したりしていたらしい。滑走路の霧を払うこの研究の撮影班に吉野馨治、小口禎三氏らがおり、このグループが終戦後、岩波映画製作所に発展してゆくのであるが、それはさておき、私生活の面でも豪傑はいちずな生き方をした。

彼は上海のアスターハウスで素敵な女性にめぐり合い、恋に落ちた。そして「俺は軍人をやめようかと思う」といい出した。その人と結婚したいという。だが現役将校の結婚には陸軍大臣の許可がいる。どう考えても彼女と結婚できるわけがない。そこで陸軍少佐の身分をなげうって、駆け落ちしようと思いつめたのである。

その後どう局面を打開したのか詳しくは知らないが、ついにその彼女と強引に結婚してしまった。歯のきれいな人だった。

時を経て、成人した娘さんが結婚式をあげた夜、豪傑は酔ってこういった。

「娘ってのは、母親の一番美しいところを持ってってっちゃうんだね」

私は彼女の白い歯並びを思い出した。見知らぬ若い男に娘をとられた父親としての、男としてのユーモラスな愚痴に私も笑いながらツンときていた。

そんな彼だからこそ、「開戦近し」の情報を間接的にではあるが打ち明けてくれたのだ。

バンコクで久徳氏は商社員になりすまし、「気象観測原簿」を狙った。

昭和十五年秋からシンガポールとバンコクの気象台は日本に気象資料の提供をしなくなっていたが、コタバルの上陸作戦にはバンコクの資料がぜひ必要だった。

マレー半島は大陸の尻尾にあたり、気象の変化が激しいところである。

昭和十六年二月に潜入し、九月までかかって係官を二百円の金時計で買収し、やっと気象観測原簿のコピーを済ませた。そのときは庄子君が集めた在留邦人の日本料理屋の若主人たちが、カメラを持参して、徹夜で書類の接写撮影をやってくれたそうである。

久徳少佐は書類を出して「見ろ」といった。それはマレー半島の気象状況の分析であった。

「この資料を参謀本部では気象学の西村伝三博士に見せて、十二月上旬の前半がいいか、それとも後半か、と質問したのだ」

私はかたずをのんだ。

「そしたら統計上、十二月八日が可と出た」

それ以降は風濤が激しくなって上陸作戦はとても不可能になるという。

「ところが参謀の馬鹿どもめ、今度は午前がいいか午後がいいか、と博士を責めるんだよ。博士はそこまではどうしたってわかりませんよ、と怒っていたな」

久徳少佐はまたしても陸軍の非科学性を力説しはじめた。資料では、シンガポールの雲量平均七、と出ていた。するとY参謀は、「俺はしばらくシンガポールにいたが、晴ればかりで雲なんか見たことがなかった」と反論してきた。そこで、「あなたがゴルフをやっているときは雲量ゼロでも、スコールのときは雲量十となるのだ」とやりこめたら、「うーん」とくやしそうに沈黙したという。

陸軍が開戦日を十二月八日に決めた、というニュースは重大であった。しかし困ったことに、この特ダネも久徳少佐の名前が出せない。わかれば豪傑は軍法会議ものである。

「**開戦必至と判断して可なり**」

十一月十七日、第七十七臨時議会が開会になった。東条首相が演説をするというので私は国会に出かけた。

すると、記者席に大阪社会部の斎藤栄一君が入ってきた。長身のハンサムで、戦後、毎日放送の制作部長時代には、「部長の後ろ姿に女子社員の溜め息が――」と社内報に書かれたくらいだからすぐ目につく。私とはポン友である。聞けば台湾の日蝕（にっしょく）を取材に行く途中、門司港でロンドン特派員の辞令を届けられ、あわてて船を降りて東京へ飛んできたが、渡航許可がまだ下りないという。そして同じくリスボン特派員を命ぜられた高橋信三君らとともに新橋の第一ホテルに待機中だという。

斎藤君と話しているうちに名案が浮かんだ。彼なら私を信じてくれる。その彼から大阪の本田親男（ちかお）社会部長（戦後、社長）に話してもらおう。本田さんは私の「触角人間的能力」を知っているから、開戦を信じて社内を動かしてくれるだろう――。

東条演説は強硬そのものであった。記者席の判断は二つに分かれた。「いよいよやるのかな」という者と、「いや、吠える犬は噛まんというぜ」という見方とであった。

私は斎藤栄一君の宿舎に向かった。

斎藤君の部屋には、彼に代わって台湾の日蝕を取材に行った林炳燿（りんへいよう）記者も偶然居合わせた。

私はこれまでにつかんだ米内、久徳両氏の情報をすべて話し、十二月初旬開戦の判断を本田社会部長に伝えてくれるよう頼んだ。

二人はさすがに緊張して聞き入った。とくに斎藤記者はシナ戦線で久徳少佐とも知己であったから納得が早かった。話し終わると斎藤君も林君も情報の重さを改めて噛みしめるかのように無言であった。

それは斎藤君の言葉を借りれば、「訓練された三人の記者が『開戦必至と判断して可なり』と確信した」ほどに明確な情報であった。

それはまた彼のロンドン特派員の夢が消えることでもあった。斎藤記者はその日、同宿している二十人からの各社特派員要員の目をかすめて大阪へと発った。


斎藤君の本田部長への報告で、大阪本社は開戦近しと判断し、これを受けて東京本社でも、やっとその準備に取りかかった。

まず従軍取材に必要なものは無線機である。南方作戦となれば報道戦の中心はおそらくサイゴンということになる。ここに早いところ、高性能の無線機を送り込んでおきたい。

しかし精密で重量のある大型無線機を、あと幾日もない開戦までにサイゴンに運ぶのは容易ではない。今と違って航空貨物便など飛んでいないのである。

思案の末、いつか久徳君が「南方総軍司令部の気象班長として出発する」ともらしていたことを思い出した。こうなったらシナ事変のよしみで彼に頼み込むほかはない。

彼に会って、飛行機に積んでくれと頼むと、わが豪傑はすぐ引き受けてくれた。

そこで東京の通信関係者は、別所重雄君が中心になって準備を進め、特製の無線機を二つに梱包して届けた。

こうして陸軍気象観測機械に化けた毎日の無線機をサイゴンに運ぶ手筈は整った。

アメリカの陸海軍も、この頃は明らかに「開戦準備」に入っていた。

例の東条演説の三日後には、空襲を予想してマニラではじめての灯火管制が実施されたという。

外電では、マニラ上空には、当時最新鋭のB17爆撃機が編隊飛行をしてデモンストレーション中だというし、マニラ湾には数千のアメリカ陸軍部隊が上陸中であるという。

日本では日本郵船の豪華客船『浅間丸』などが海軍に徴用されはじめた。

これと前後して、久徳少佐が「俺、そろそろ行くよ」と伝えてきた。

後日聞いたところによると、南方総軍の将校団の結団式は十一月二十三日、東京青山の陸軍大学校で行なわれ、その日のうちに久徳少佐の飛行機はサイゴンに先発した。

毎日の無線機はこうして無事到着したが、あとから別所君がサイゴンに着くと、久徳少佐に「一杯おごれ」とショロン街の「春乃屋」に付き合わされたそうである。さすがの豪傑も今度の運搬にはだいぶ苦労したらしかった。この無線機のおかげで、後日の「シンガポール陥落」第一報は毎日がどこよりも早かった。

私たちは引き続き「X日」を追っていた。私はドイツの電撃戦の例などから見て、開戦は日曜日（米国時間）になると踏んでいた。

なるほど米内さんの情報では十二月上旬とされており、久徳情報だともっとしぼられてくるが、はたして気象資料だけで開戦を大本営は決めるだろうか。そこまでは確信できない。そうなると決め手は、やはり記者の足とカンに頼るほかはない。

海軍省との接触時間をできるだけ長くするため、私は社の了解を得て虎ノ門の小さな旅館をひそかに借りておいた。開戦の暁にはそこを取材本部にすればよい。

いま一つの準備は自転車の購入だった。ガソリン不足で、そろそろタクシーやハイヤーは街から姿を消しはじめていた。深夜の取材のアシのために一台買い込んで家に置いた。

交渉をズルズル引き延ばしていた米国から「ハル・ノート」が回答されてきたのは十一月

二十七日だったが、日本軍の中国からの完全撤兵、三国同盟の死文化など強硬な内容で、とても和平は成立しそうになかった。

私たちが緊張したのは二十八日、ノックス海軍長官が「数日以内に日本軍が攻撃を開始する兆候あり」と警告を発したことだった。

外電から見ても、アメリカ海軍は日本軍の動向に相当神経質になっている。あるいは、十二月一日（米国時間十一月三十日）開戦だってあり得るのだ。

そこで、平出報道課長の親友である軍令部の富岡課長をつかまえた。海軍の作戦担当者である。

だが富岡大佐はまるで問題にしてくれない。「ノックス長官は平和をノックしているのだろうよ」などと冗談をいい、

「自分は十二月一日まで大阪方面に出張する予定だから心配はいらない。私がこの席にいない限り、帝国海軍は戦争をはじめるわけにはいかんのだから」

といって、ほんとうに大阪へ出張してしまった。

すると残るのは、十二月八日だけである。

この頃、毎日が開戦に備えて編成した取材陣は、香港十人、タイ十五人、マレー半島十人、フィ

リピン十五人、蘭印二十五人、南シナ二十六人、仏印二十五人であった。
このほか連絡員など総勢百五十人が派遣され、これらを上海支局長で戦場取材のベテラン田知花信量さんが指揮する手筈になっていた。

ところが十二月一日、現地に赴くため上海から台湾を経て広東に飛んだ田知花氏の旅客機（『上海号』）が広東付近の敵地に不時着してしまった。

この飛行機には、シナ派遣軍参謀が香港攻略に関する作戦書類を持って同乗していたため、一時大本営はパニックに陥ったらしい。

日本軍の救出工作で二人の陸軍軍人だけは救出されたが、不時着のときは生存していたという田知花氏は行方不明のまま終わった。

海軍の偽装工作

緊迫の続く十二月二日、アメリカ航路の『龍田丸』が三十七人の外国人客を乗せて出航していった。アメリカ各地やメキシコをまわって外交官や家族を収容し、一カ月半後に帰国するという。

そこで開戦はこの船の帰国後、という風説が強くなっていた。毎日の高橋信三記者も、このときリスボン特派員を命ぜられ、『龍田丸』に乗船する予定だった。

当時、旅券は外務省、運航は逓信省、出発許可は海軍と分かれていた。だから外務省に行くと和平交渉は何とかなるというし、逓信省はこの船の帰国までは開戦になるまいという。ところが顔見知りの軍令部参謀は、「出ることは出ても着くかどうか、俺は請け合わないよ」とささやいた。そこで高橋記者は乗船を見合わせたという。

この『龍田丸』出港は海軍の謀略工作で、船長はUターンして横浜に戻るよう秘密指令を受けていたことが開戦後に発表された。

十二月四日、報道部から各社に申し入れがあった。来たる五、六、七の三日間、一日三千人の水兵を東京見物させるので、ひとつ写真入りでジャンジャン記事にしてください、というのである。

ひと口に三千人というが、駆逐艦には二百人足らずしか乗っていない。海軍の半舷上陸というのは、両舷直制度をとり、その右舷を奇数、左舷を偶数とし、隔月で交代させる。

「本日、右舷上陸」というと、「俺だ」とわかるしかけである。

だから三千人というと大艦隊が横須賀にいることになる。この年の春に海軍はペンネント(※

兵帽のリボン）の艦船名を削って「大日本帝国海軍」とだけにしたから、どこの艦隊か部外者にはわからない。海軍はことさら「平和ムード」を印象づけようとしていたのである。

別の情報では、外務省も週末に在京外国大、公使館員を招いて歌舞伎座で観劇会を催すという。

「おかしいぞ」と思っているところへ、本社から電話が入った。「横須賀海兵団の水兵が七日の日曜日に本社を見学したいと申し入れてきた。日曜は夕刊が休みなので編集局も輪転機も動いていない。何とか君の方で断わってくれないか」という。

「そちらでわけを話して断わったら」と返すと、「それでもかまわないから見せてくれ」と海軍は強引なのだという。

この電話でピンときた。海軍は珍しく謀略めいたことをやったものの、慣れない細工なので、水兵を連れて行く先の事情まで考えなかったのだ。

私は平出課長に探りを入れるつもりで報道部を訪ねた。

ところが、それまで出入り自由の報道部の扉に「許可なくして入室を禁ず」の貼り紙がある。日頃、「黒潮会と報道部は一心同体」などとおだてているくせに、これは怪しからん、と私はかまわずドアを開けた。

別に誰もとがめはしなかった。

「平出さん、あの貼り紙は何ですか」

「いや、情勢がこうだから……」

「あんなもの貼ったら、いよいよ戦争をはじめるぞ、と広告しているようなもんですな」

すると平出大佐はギクリと腰を浮かして、扉のところへ行ってすぐ貼り紙をはがして戻った。

その姿に私の「触角アンテナ」はまたピリッと感ずるものがあった。


「東亜攪乱・英米の敵性極る」


十二月七日は日曜日だったが、胸騒ぎを覚えた私は海軍省に顔を出した。

休日は定例会がないので、黒潮会には電話番がいるだけだ。

小春日和の日比谷公園には、家族連れの散策が目立ち、のんびりした朝であった。

私は裏側の自動車部にまわってみた。錨と桜を組んだマークをつけた黒塗りの高級車を運転手が磨き立てている。

「今日は暇らしいね」

私が声をかけると「公・1」のナンバープレート、つまり海軍大臣専用の運転手が、

「いや、今朝はもう、ひとまわりしました。大臣と軍令部総長をこの車で明治神宮と東郷神社にお送りしたのです」

というではないか。嶋田大臣と永野総長の二人が同じ車に乗るなど前例がなかった。私が重ねて聞くと、

「私たちも珍しいと噂していたところです。明治神宮では大きなお札を受けてこられましたしね」

私はハッとした。明治神宮と東郷神社は海軍将官が歴代宮司に任命される、海軍とは縁の深い神社である（あとで分かったことだが両大将は真珠湾攻撃の成功をひそかに祈願したのだった）。

「そうか、海軍はとうとうやるのだ！」

私は急いで海軍省を出ると、有楽町の本社へと歩き出した。

社会部時代、私は運転手とか女中さんに心付けを渡すことを忘れなかった。取材上、この人たちは意外に大切な協力者となるものだ。

海軍省に来てもこの習慣は続いていたし、よく運転手たちの溜まりに入って「今日は大臣は

どちらへ」などと気安く話し込んだ。それが役立ったのである。

私がもし政治部育ちだったら、この日も、あの暗い省内の廊下で軍令部付士官の動向を空しく追い求めて終わったに違いない。

日比谷公園を抜けて三信ビルの横を通ると日比谷映画劇場に突き当たる。洋画専門のこの劇場はこのときウィリアム・ホールデンの『空の要塞』というハリウッド映画を上映していた。

次週上映の看板には、ジーン・アーサーがカウボーイ姿で「アリゾナの女ガンマン」に扮していた。それがついに上映されない運命にあることをたしかに知っているのは、この群衆の中で私一人しかいないのだという感慨で胸が高鳴る思いだった。

街には千人針を持って、五銭で「死線」を越え、十銭で「苦戦」を越えて、と願う若い人妻が今日も道行く人々にすがるように呼びかけていた。

「開戦スクープ」を胸に、私はプラネタリウムの丸いドームが特徴の本社へと急いだ。

すでに政治部デスクには、各省からの情報が集まってきていた。私は「十二月八日未明、開戦必至」とする海軍情報を興奮を抑えながら一気呵成に書き上げた。

陸軍省詰めの記者からも、陸軍省内が泊まり込み態勢に入ったと伝えてきた。

社賓の徳富蘇峰翁から女婿（じょせい）の阿部賢一編集局長（戦後、早大総長）に、「詔書を校正した」

という情報がもたらされた。

判断の材料はもう出揃っていた。栗原記者がデスクで原稿を書き飛ばしていた。ニュースの原稿は、小さなザラ紙に大きな字で一枚十五字に書く。それが当時の新聞の一行分になるのだ。

夕方、刷り上がりが検閲に届いたころでもあっただろうか、情報局の吉積正雄陸軍少将から電話がかかってきた。陸軍担当の栗原君が出た。

「おい、どうかしてやせんか」

「別にどうもしてませんが」

「記事を全部をはずせッ」

「はずしません。十二月八日の朝刊はこうでなくちゃならんのです」

栗原君は頑強に抵抗した。一歩も退かぬ構えで少将に食い下がったのだ。長い議論のあげく、少将は、

「しかたがない一面の見出しをもう少しやわらかくしろよ。それでいいことにしよう」

といって電話を切った。

たちまち張り詰めていた空気が一気に吹き飛んだ。

夜に入って私は工務に降りていった。

万一の事態に備え、整理部の古谷君らが紙面を差し押さえられないよう「組版」のそばにがんばっていた。

「東亜攪乱(かくらん)・英米の敵性極る」「断乎駆逐の一途のみ」の一面トップに並んで、「隠忍度あり、一億の憤激将(まさ)に頂点」という見出しが躍っていた。それが妙に生々しかった。

社会面も一見して異常な割付けだった。

「断じて起つ、一億の時宗」として、「肇国(ちょうこく)以来、外国の侵入を許さなかったわが国も、今や『空爆』の危険を覚悟しなければならない事態に到達した」

「イカばかり食わされるとか、肉がないとか、そんな議論をしている場合ではない。梅干しと茶漬けで十年でも二十年でも頑張る時は来たのだ」

と書き立てていた。誰が見たって対米戦争の予告篇である（＊翌日の朝日の朝刊は一面が大政翼賛会の記事、二面は満州の農業と食糧の論説で、読売にも開戦の記事はなかった）。

薄汚れた窓の向こうでは、師走の風がネオンの消えた日曜の夜の街を吹き抜けていた。

紀元二千六百一年　昭和十六年十二月八日（月曜日）　東

東京日日新聞
時事新報 合同

断乎駆逐の一途のみ

隠忍度あり一億の憤激将に頂点

驀進一路・聖業完遂へ

東亜攪乱

日米交渉の進行如何に拘はらず、帝國不動の大國策たる支那事變の完遂と大東亜共榮圏確立の聖業が、もはや英米の反日敵性的策動を東亜の天地から一掃せざる限り到底達成し得ぬ重大段階に進んだことは明白な現實の姿であり、またわれ等一億同胞の國民的感情である、今日にして想ふ、大正十一年成立した九國條約によつて、英米は支那の主權の獨立、領土保全、機會均等を名として、わが大陸發展を抑壓せんとしたのを手はじめに、太平洋の防備制限、不戰條約、ロンドン[illegible]會議による補助艦制限、滿洲、上海兩事變における不當干渉など、これらの諸事實は一つとして大東亜におけるわが指導的地位と東亜民族[illegible]の[illegible]をめざす好手段ならざるはなかつたことを

國家の[illegible]攻勢は日米交渉の困難性が表面化するにつれて、いよいよ露骨となり、今や目にあまるものがある、西南太平洋は[illegible]に急迫し、一觸即發の危機線上を彷徨する有様である、世界平和を希求する帝國といへども、隱忍自重には自ら明瞭な限界がある、敵性諸國家の對日壓迫、攻勢が皇國の權威と存立を脅威するにおいては、わが平和愛好の利劍は一閃して破邪顯正の寶刀と化すであらう、[illegible]敵性諸國家は帝國の斷乎たる決意を知るべきである、援蔣の[illegible]を起せんか、責任の総てはかれ等の双肩にある、支那事變の完遂と大

執拗亞東に

東京日日新聞　（明治二十五年三月八日第三種郵便物認可）　（明治五

英・米の敵性極る

英軍タイ國境を脅かす　スコットランド兵の示威行進

實は一つとして大東亞におけるわが指導的地位の確立と東亞民族の解放を目指す好手段ならざるはなかつたことを

今次日米交渉に臨む帝國の根本態度は飽くまでも八紘一宇の精神に立脚せる世界平和の確保に置かれてゐる、帝國はこの至上命令に準據して、いはゆる太平洋の癌を除くべく交渉の円滿妥結に終始懸命の努力を傾けて來たのである、然るに英、米その他の對日敵性諸[illegible]

重慶が四ケ年半の永きに亘り抗戰を續け得たのはほかでもない、

執拗悪辣な

英米の對日敵性的援助が不斷に注がれたからである、支那事變の初期の段階において、國民の大多數は蒋介石の抗日政權であると信じてゐた、しかるに事變の進む

比島

【マニラ[illegible]

急會議に[illegible]

廿四時

香港

【ニューヨーク七日發至急報】

新嘉

【シンガポール特電六日發】シン

ガポールにおける

歴史的スクープ

スクープか、それとも……

十二月八日、この日は朝からよく晴れていた。東京の高台から富士山がくっきり見えた。私たち黒潮会員に集合がかかったのは午前五時。すでに市内版は配達されている。はたして戦争ははじまるのだろうか。成功すれば一大スクープ、失敗すれば作戦に重大な影響を与えるばかりか、毎日の社運を傾け、小にしては軍機保護法違反、すなわち死刑が待っている。

やがて各社の記者たちが続々と集まってきた。

午前六時、陸軍報道部の一室で、陸軍の大平報道部長、海軍の田代中佐による、歴史的発表が行なわれた。

大本営陸海軍部午前六時発表
帝国陸海軍は本八日未明、西太平洋においてアメリカ、イギリス軍と戦闘状態に入れり

たちまちウオーッというどよめきが起きた。

「とうとうやった！」

続いてＮＨＫラジオから軍艦マーチとともに臨時ニュースが全国に放送された。国民の驚きは大きかった。彼らは誰一人として開戦を予想していなかった。

間もなく「本八日早朝マレー半島奇襲上陸成功」の続報が発表された。

久徳少佐が二百円の金時計と引き換えにせしめた気象情報である。当たらないと大変だった。甲子園の弁当屋の見込みとはわけが違うのだ。

この日、久徳少佐は自ら偵察機を操縦してマレーのコタバル上陸地点の上空にいたそうだ。見れば波の荒い海岸に友軍将兵が次々と、とりついてゆく。

それを見ながら久徳君はうれしくて泣けてならなかったそうだ。「これで日本はもう大丈夫だ。これで日本は滅びないで済んだ」と。

正午過ぎ、編集局内で社員総会があり、高田元三郎（たかだもとさぶろう）主幹が「本日の紙面は真に他紙をア然とさせる出来映えであった」と挨拶、続いて高石真五郎会長の音頭で聖上万歳を三唱した。

戦後の回想で多くの知識人が、あの十二月八日、日本が負けると直感したと書いているが、それは占領軍である米軍への言い逃れであって、「負けたら大変だ」というのが偽らざる心境だった。国力が十対一であることは誰にもわかっていた。海軍力だけが対米七割、それを「月月火水木金金」の猛訓練で技量を補ってどうやら互角。とにかく戦争に勝つまで軍人の無理は聞いてやろう、平和になったら俺たちの仕事がまたはじまる、とわれわれはひそかに考えていた。

アジアの植民地に関する限り、欧米人はまさしく鬼畜の振舞いであったから、少なくとも日本の大東亜解放の理想がそれより下まわろうとは思えなかった。しかし、その判定はすでに歴史が示した通りである。

第二章
古賀長官「殉職」の秘密

「無敵海軍」の崩壊

昭和十七年春は勝ち戦の連続で、黒潮会は多忙をきわめていた。

開戦当初は軍艦マーチに続き、平出英夫報道課長の名調子による「大本営海軍部発表、帝国海軍は～」のニュースが国民を沸かせた。あんまり海軍ばかり戦果があがるので陸軍はやきもちを焼き、昭和十七年の正月、

「統一をはかるために今後は表現を大本営発表一本にしぼろう」

と申し入れてきた。「統一」の美名で軍艦マーチを押さえようというわけである。

平出英夫大佐（前列左）、その後ろが著者

獅子文六の小説『海軍』が大好評を呼ぶと、すぐさま火野葦平に小説『陸軍』を書かせたといわれるほどに対抗意識の強い海軍報道部と陸軍報道部だから、定例会見でも互いに牽制し合って、なるべくその日のトップ記事になりそうなニュースを提供しようと苦心していた。

その無敵海軍のイメージに黒い影がさしたのが、昭和十七年六月のミッドウェー海戦である。その日、いつものように記者団が

席に着くと、突然、海軍報道部の田代中佐が立ちあがって、

「この中にスパイがおる！」

と表情をこわばらせて睨みすえた。

記者団はおさまらない。

「スパイとはなんだ！」

「誰だかはっきりいってもらおうじゃないか！」

まごまごすると全員退場しかねまじき反発に、田代中佐はたじろいで黙り込んでしまった。

田代中佐は他のスポークスマンタイプの士官と違い、検閲係として以前から情報漏れをしきりに気にしていた。ミッドウェーの敗戦ですっかり頭に血がのぼってしまったらしい。

このときの発表は「敵空母二隻撃沈、わが方空母一隻喪失、一隻大破」と相撃ちの形であったが、田代発言のおかげで私たちは「こりゃ何かあったわい」とピンときていた。はたせるかな実際の戦況は、敵空母一隻、駆逐艦一隻撃沈、わが方は空母四隻、巡洋艦一隻沈没、航空機三百七十二機を失っていた。

その後も、昭和十八年二月には死闘を重ねたガダルカナルからの撤退があり、その一週間前にはソ連戦線のドイツ軍もスターリングラードでパウルス元帥以下十万余の捕虜を出すという

大きな敗北を喫して、戦局は著しく急転して非勢に向かっていた。

そんな状況の中、四月になると、私は取材のため南方占領地へ赴くことになった。シンガポール、ジャワ、ラバウル、ルソンを一巡する旅程である。

昭和十七年に同僚の斎藤栄一記者が私と同じように南方占領地めぐりをした際には、経済対策がまるでデタラメなことに驚き、憤慨して帰ってきた。朝日新聞は同じ頃、吉川英治氏に南方取材を依頼していた。この二人の連載はほぼ同時期だったが、斎藤記者の方は、占領地経済の問題点に相当突っ込んだ内容で、吉川氏のルポ形式のものとは対照的だった。

斎藤記者によると、前線の海軍士官たちは、内地では考えられないほど率直に日米戦の将来を語り、「とても勝てまい」と見通していたという。

一方、陸軍部内にもシンガポール攻略後、後ろ向きの和平説があった。サイゴンにいた久徳通夫少佐も早期和平の必要性を感じていた一人だった。占領地の波止場に揚陸(ようりく)された糧秣が腐りはじめるなど輸送計画がめちゃめちゃで、この先、南半球にまで兵を進めるなど、彼のいう「非科学的な陸軍」にできる仕事ではないと憂慮していたのである。

久徳少佐はその頃、日ごと南方軍総司令官の寺内寿一元帥の将棋のお相手をしていた。司令部内で仕事がないのは気象班長だった彼と総司令官たる元帥の二人だけだった。そこで久徳少佐は、日露戦争の児玉源太郎陸軍大将を例にあげて、

「ここらで矛をおさめては」

と進言した。すると元帥は、

「僕もそう思うが、若いのがいうことを聞かん。無理すれば東条だって殺されるだろう」

と答えたという。「僕」というのが元帥の口癖だった。

ところが、この会話がどうしたことか参謀長の耳に入ってしまった。「気象班のくせに生意気な奴だ」というわけで久徳少佐は、

「総司令官に和平の意見具申をするとは不届き千万」

と叱られたうえ、即刻、内地帰還を命ぜられたという。


私が南方取材に出発する直前、海軍の人事局の士官が、

「現地に行ったら偉い人の健康状態、精神状態を外部の人の目で観察してきてください。司令部の空気を知っておきたいので」

と頼みに来た。開戦以来の長期間の駐留は、一種の疲れとゆるみを将兵の間に醸し、風紀上

のよからぬ噂も内地に流れてきた。実際の取材旅行はそんな観察の暇もない強行軍となったが、海軍には厳しい秘密主義の反面、外部からの客観的判断を得ようとする心がけを忘れぬ一面もあった。

ともかく私は出発した。

東洋の真珠

まずシンガポールでは、毎日の高橋信三支局長と枝松茂之（しげゆき）次長が、内地からの戦場名所を訪れる観光客の応対に悲鳴をあげていた。有名無名の知人が遊びすぎては金が足らなくなり、支局に寸借に来る。たまりたまった貸し付けがとうとう二万円にもなったというのである。当時の二万円といえば今の四千万円以上になるだろう。

次にジャワの南西方面艦隊司令部を訪ねたときにぶつかったのが、山本五十六連合艦隊司令長官の戦死であった。海軍はこれを「甲事件」と呼んだ。司令部は騒然となり艦隊首席参謀の渡名喜（となき）守定大佐はすぐ飛行艇でジャワからトラック島の旗艦『大和』に飛んで行った。

山本長官の戦死が海軍将兵に与えた衝撃の深さは、外部の想像を超えるものがあった。私は

司令部の親しい士官を慰めるつもりで、

「山本さんがいないと海軍は戦争する気が起こらないのか」

と冗談をいったが、笑いもしなければ怒るでもない。虚脱に近い表情がそこにはあった。

それから数日後、私の乗機は前線取材のためラバウルの山の上飛行場（＊海軍飛行場）に着陸した。が、

「すぐ引き返せ、大空襲がはじまる」

と警告された。

ラバウル航空戦の戦果を誇る大本営発表に慣れていた私は、ただの一日も輸送機が飛行場にいられないラバウル前線の、航空戦の厳しい現実にがく然とした。

山本長官の「い号作戦」（フロリダ島沖海戦）は、ラバウル基地航空隊に母艦（＊航空母艦）航空隊を応援させ、海軍全力で敵航空勢力に損害を与え、その反攻をしばし押し返そうという狙いで実施したのであったが、その長官戦死が作戦成功の発表直後であったことからも、戦力の段違いは明らかであった。

一方、帰途に立ち寄ったマニラは「東洋の真珠」の名にふさわしい白亜の街並みで、日本人は平和進駐さながらのゆとりを見せていた。アメリカの残した物資はまだ豊富で、スコッチウ

イスキーやコーヒーも充分あった。

港に近い、海軍の第三南遣艦隊（三南遣）司令部にひるがえる軍艦旗は鮮やかで、純白の制服の士官が威儀を正して出入りするさまは、たった今見てきたラバウルの、花咲山から噴出する火山灰に汚れて目ばかりギョロギョロさせている航空隊の士官たちと、これが同じ国の海軍かと思わせるものがあった。

有名なロハス通りには華やかな衣装のフィリピン娘が散策し、小銭を出せばチェアを貸してくれる男がいて、恋人たちはそのチェアに肩を組み合って、いつまでも荘厳なマニラの落日を見つめているのである。街には「サンミゲル」とか「ＢＢＢ」とかいうビールが売られ、サンパギータの花やバリンターナの美しい大輪の花びらが南国の夜に風情をそえていた。

フィリピンの陸軍第一四軍はこの頃はまだ大本営直属、つまり内地と同じに扱われた後方部隊であった。陸軍報道部の従軍文士の諸先生方も巧みに「軍人たらし」の術を発揮し、「軍人人種」と「文人人種」は互いに協調を実現しているかのようであった。

内地では一杯のビールやまずい雑炊にありつくために「国民酒場」や「雑炊食堂」に連日長い行列ができているのに、子豚を揚げたレチョンはある、厚さが数センチもありそうなステーキはある、舶来時計や万年筆も安く買える、というマニラは、東京から来た私の目にはまさに驚きであった。

街中が全部舗装され、下水道は完備、映画館や主要ホテルは全館冷房され、完全なレディファーストが実行されている。街中、し尿汲取りの馬車が動き、その馬糞が風とともに舞う東京の街とくらべると、敵としているアメリカの物量の大きさに気おされるのであった。

街に残された車には最新式のカー・ラジオのシャレたアンテナが取りつけられていた。当時六十万人のマニラの街に二万台の車があり、六百万人の東京には三万台の車しかなかった。さらに、内地ではついぞ見ることのなかった最新式の電気冷蔵庫がすでに家庭に入っていた。フィリピン人のメイドが霜取りをしていたら、「バカ、氷をとっちゃったら冷えないではないか」と怒った日本人がいたのも無理はない。

軍政は昭和十七年の占領当初は、規律をもって行なわれていた。第一四軍の本間雅晴司令官は軍政布告の中で、

「日本軍のフィリピン進駐は一にフィリピン民衆をアメリカの支配より解放し、大東亜共栄圏の一員としてフィリピン人のフィリピンを建設し、その繁栄と文化の維持を庶幾(しょき)するにほかならず」

と述べている。軍政については軍政監の和知鷹二少将が日比友好をモットーに努力していた。

しかし一部軍人はこれを「軟弱軍政」と呼んだ。彼らにとってフィリピンは戦場でしかなかったのだ。そしていつしか「フィリピン人のフィリピン」の「繁栄」や「文化」は忘れ去られ、日本軍は地名まで日本流に変えてしまった。有名なデューイブールバードが「平和通り」、これはまだよい。タフトアベニューが「大東亜通り」、ハリソンブールバードが「興亜通り」、ジョーンズブリッジは「万歳橋」と変わった。

変わったのは、しかし日本軍の中だけで、チンプンカンプンのフィリピン人にとって、タフトアベニューは、どこまでもタフトアベニューであった。

経済政策の混乱は、斎藤栄一記者が指摘したような結果を招来していた。もともとフィリピン経済は特恵関税によりアメリカに強く結びつけられていた。輸出二億五千万ペソのうち、砂糖一億ペソがアメリカに引き取られ、代わりに工業製品を輸入していた。ひと頃のキューバと同じである。

南方各地を占領した日本はハタと困った。フィリピンで百万トン砂糖がとれるうえに、隣りのジャワでは百三十万トンもとれる。大東亜共栄圏は砂糖づけになりそうだが、運ぶ船が全然足らなくて、内地では赤ん坊に飲ませるミルクの砂糖にさえ事欠く始末であった。

一番困ったのは現地農民である。砂糖とコプラ、麻とタバコをつくって生活していたのに作物の売り先がない。買いたい日用品や工業製品が買えない。彼らが後年、ゲリラに転じたのは当然といえるのだ。

運命のマニラへ

昭和十八年十一月、ラバウル南方のブーゲンビル島に敵が上陸した。ここには精鋭を誇る熊本第六師団が駐屯していた。

連合艦隊はこれに先立って「ろ号作戦」を発動、虎の子の母艦航空隊をラバウルに送ったところ、ちょうどこの上陸にぶつかり、消耗戦の末、かけがえのない母艦パイロットをごっそり死なせてしまった。ミステイクであった。

だからその直後、中部太平洋ギルバート諸島（マキン、タラワ）に米機動部隊がやってきても迎撃することができなかった。このミステイクのために待望久しかった「決戦」はついに実施されないまま、いたずらに危機感ばかりが国民の間に強まっていった。

そんなある日のこと、私は社の役員室に呼ばれた。

応接間に入ると、この年の七月まで大本営海軍報道課長だった平出大佐と、南西方面艦隊司令部から軍令部第三部の総務課長に移った渡名喜大佐が、毎日の高石会長と鹿倉吉次専務（戦後、ＴＢＳ社長）に申し入れを持ってきていた。

鹿倉専務は私に、

「今度平出さんがマニラに赴任するので、君に一緒に行ってもらいたいというお話だ」

と説明した。

この年の十月、日本の軍政は終わり、フィリピン政府はラウレル大統領を中心に独立政府となった。平出大佐はそこの日本大使館の駐在武官として行くのだという。

平出大佐はこの五月、山本長官戦死のショックで卒倒したまま療養中の身であった。平出といえば海軍を代表するスポークスマンであり、新しいポストにも配慮を必要とする大物だったが、あいにく本人は海外駐在武官ばかり続けていたので艦隊にも軍令にも向かない。しかし世界中を敵にまわして戦争をはじめてしまった今では、駐在武官の椅子などありっこない。海軍が苦慮しているところへひょっこり生まれたのがフィリピン政府であった。

その補佐役として、「後藤君は気心も知れているし、報道方面にも顔が利くから」というので話が持ちあがったわけである。

「君、マニラは物資は豊富だし、いいよ。僕の話し相手になってくれるだけでよいのだ」

と平出大佐がいえば、かたわらの渡名喜大佐も、

「海軍は君以外の候補を考えておらん、ということは『いやだ』というなら軍命令を出してでも行ってもらうつもりだ。命令は簡単だけれど、その場合は軍属となるから、行動の自由はありませんよ」

と巧みに硬軟とりまぜての口説きだ。この頃は海軍もだいぶ人が悪くなっていた。

少し考えさせてほしい、と抵抗を試みたが結局、期限一年、身分は海軍司政官（中佐待遇）、毎日新聞に在籍のまま、という条件で承知した。司政官なら軍属と違って頭ごなしに命令を食らうことはないだろう。

「仕事は？」

と聞くと、

「一応、現地報道部長と心得てくれたまえ」

と平出大佐が答えた。

このとき、平出大佐はマニラの陸軍報道部の向こうを張って相当な規模の海軍報道部を構想していた。この前まで大本営報道課長だった人だから無理もない。しかし私の意見は正反対だった。

マニラの陸軍報道部は勝屋部長から斎藤部長の時代に入り、尾崎士郎ら「A級」報道班員は内地に引き揚げていたが、それでも全フィリピンに現地人を含めて三百人からの陣容を誇っていた。

昭和十八年頃の在フィリピン陸軍は第一四軍黒田重徳司令官に率いられていた。この人はゴルフも遊びも堂に入った外交官のような人柄だったが、やはり将軍だから作戦には一家言持っていて、それが海軍や大本営とはかみ合わない。

黒田説は、

「航空決戦の時代だから第一四軍は飛行場づくりに専念しろというが、大きな間違いだ。どうせ航空決戦は負けるに決まっている。そうなればつくった飛行場は上陸してくる敵にくれてやるようなものではないか。自分の考えでは、わが軍は今から山ごもりの陣地構築でもやるべきである」

という趣旨のもので、友近美晴参謀副長はこれを「黒田司令官の卓見」と褒めているが、大本営と海軍はカンカンに怒って、

「あいつは頭が古くて近代戦がわからんのだ」

と非難した。

まして海軍は、先に述べた「ろ号作戦」で多数の空母部隊のパイロットを失ったので、今やサイパンからフィリピンにかけて第一航空艦隊（一航艦）の基地航空隊を展開し、これによって昭和十八年九月に決定された「絶対国防圏」を守り抜く決意だった。その基地造成の労力、資材、宿舎など緊急課題が山積しているのに、陸軍司令官はまるで評論家みたいなことをいって、ちっともやってくれない。それならば陸海軍間の大本営協定を無視してでも、海軍独自で基地整備を完成するぞ、と怒り出した。平出大佐の構想の裏には、そうした陸海軍の抗争が秘められていたのである。

そんな状況の中で陸軍に対抗して大世帯の海軍報道部などでっちあげたら、暑いマニラで何が起こるか知れたものではない。

私はつねづね海軍は徹底的に小世帯にして、陸軍の情に訴える方が得だと考えていた。南方各地をまわって感じたことは、陸海軍のどちらかが圧倒的に強い地域はうまく協調しているのに、双方の力量が接近している地域ほどうまくいかないということだった。

「海軍報道部はうんと少人数でいきましょう。陸軍が三百人なら海軍は三人、というのはどうです。三百対三ですな」

と私が提言すると、

「実務面はどうする？」

と平出氏は反論した。

しかし、もう私の肚は決まっていた。海軍がここで改めて人集めをして遠くマニラに送らなくても、現地陸軍報道部にはカメラマンから画家、印刷工まで揃っている。陸海軍の立場を捨てて大きく見れば、本来助け合うべき日本人同士ではないか。まして新聞班長や報道課長を歴任しているマニラ陸軍報道部の桐原真二中尉（元野球選手）は、応召するまで大阪毎日の経済部長として活躍した私の友人である。陸海軍はいざ知らず、私とは大阪毎日同士で話ができる。おまけにマニラ新聞社には、すでに二百人近い毎日社員が出向している。現地に行けば何とでもなると考えたわけだ。


ここでちょっと説明しておくと、陸海軍は昭和十七年秋、占領地の軍政のため現地新聞を接収し、将兵や在留邦人のための日本語新聞も併せて発行するため、各新聞社に経営を委託した。毎日は陸軍からフィリピン、海軍からセレベスを、朝日は陸軍からジャワ、海軍からボルネオ、読売は陸軍からビルマ、海軍からセラム島をそれぞれ受託した。そして毎日は昭和十七年十月にマニラの大新聞「T・V・T」を接収し、マニラ新聞社として営業を開始していたのである。

平出大佐もどうやら私の意見に納得してくれたと見えて、

「よし、それでやろう。うん、三百対三か」

と面白がった。

マニラ海軍報道部はかくて部員三人で発足し、最後までその方針を貫いた。部員には、有能だがいささか風変わりな次の三君に決めた。

由比三男氏だけは海軍が推薦してきた。この人は中国大陸で海軍の物資調達を担当していた、有名な「萬和公司」の由比又男氏の弟である。

井葉野篤三君は早大独文科の私の先輩だが、もう内地ではオールド文学青年が生きていく場がなくなり、マニラに行きたいと頼ってきた。

佐野楠弘君の場合は、お母さんが頼みに見えた。彼はいわゆる「三・一五」の共産党狩りに連座し、八年の刑に服したが、その後も警察は絶えず「アカ」の監視を続けている。お母さんにしてみれば、「こんな様子では今に息子は警察に殺されてしまう」と思われたに違いない。「何とか息子をマニラに連れて行って働かせてください」と頼みに来られた。

しかしこればかりは、当時としては正直、勇気のいることだった。

私は渡名喜大佐をつかまえて逆手に出た。

「優秀な男がいるので何とか連れて行きたいのだが、実は治安維持法の前科がある。こういうのは海軍はよう使わんでしょうな」

渡名喜大佐の目が一瞬鋭く光った。しかし話し方は静かに、

「刑期の終わった人はもう罪人じゃないでしょう」

といってくれた。佐野君のマニラ行きが決まると、お母さんは涙を流して喜んでくれた。

かくて私たちはマニラへ向け出発した。

メスティーサの魅惑

大使館付武官というのは、まったく外務省に関係はなく、実は大本営勤務令に基づく中央直属の諜報機関ともいうべきもので、これはどこの国も同じようなことらしい。だからわれわれ報道部員もまた情報や対敵宣伝の任務を持っていたが、当時のマニラの地下情勢は、すでに私など素人の手に負えぬほど悪化していたから、上海から専門家が派遣されてきて別個に活動していた。

オーストラリアからは短波が米軍反攻を放送し続けていたし、敵潜水艦によるフィリピンのゲリラへの物資・人員の補給も活発になっていた。わが討伐隊は各地でゲリラ隊と激戦を繰り広げていたが、マッカーサーの「アイ・シャル・リターン」の呼びかけを印刷したマッチが、マニラ市から発見されたりした。

賭競技場の「ハイアライ」でリンゴの食べかけが発見され、武官府で情報を担当していた奥野敏夫氏が調べたが、リンゴは日本かオーストラリアでしか生産されないのだが、そのリンゴはオーストラリア産で、潜水艦で運ばれたものだと大騒ぎになったことがあった。

リンゴ事件の話はそれからそれへと広がって、フィリピン人の間では、「リンゴがマラカニアン宮殿の大統領招待宴にまで登場し、日本憲兵はあわてて台所を探しまわった」などという日本軍をからかった噂がまことしやかにささやかれていた。そんな雰囲気にあったのが当時のマニラなのである。

これに対する日本側の宣伝拠点は、マニラ新聞社であった。ここは戦前、英語紙『トリビューン』、スペイン語紙『ラ・ヴァンガルディア』、タガログ語紙『タリバ』を発行していた。つまりそれらの頭文字にちなむ「T・V・T」社である。

私が赴任する少し前に、マニラ新聞社長は山田潤二老に代わっていた。前にも述べたが、彼は毎日新聞の「大久保彦左」といわれた人で、正義を通す硬骨漢で知られていた。以前、言論統制の一環として陸軍と内閣情報局が示し合わせて、朝日や毎日をはじめとする全新聞を題字だけは残して統一し、「新聞合同会社」をつくろうとした際、徹底的に軍に楯ついて新聞の存立を守ったのがこの山田さんだった。だが、その一徹さゆえ若手からは敬遠されがちでもあった。毎日新聞が昭和十四年にプロペラ機『ニッポン号』による世界一周の壮挙を実現したときには実行委員長として辣腕(らつわん)をふるうなど、数々の功績を残してきた山田さんのマニラ新聞社長への転出は、いわば敬遠の出塁であった。

こんな頑固じいさん、おまけに社長ときては誰だって一緒に遊ぶ気にならないのが当たり前で、山田社長は孤独の日々を送っていた。だから私が赴任すると、連日私の武官府高等官宿舎にやってきた。そして、「おい、文化会館に行こう」と誘うのである。文化会館は真面目な集会所だが、実はその隣りに、マニラ名物の賭競技「ハイアライ」があるのだ。むろん日本人は「オフリミット」(立入禁止)であったが、私は報道部の「任務上」、特別席を提供されていた。山田老はそれに早くも目をつけたのである。

まことに衆目は一致するもので、フィリピン駐在の村田省蔵大使も山田老に「マニラ彦左」とニックネームを奉った。「日本人会長に」という話も出たが、「やはり彦左は彦左だ」ということで実現しなかった。

その独りぼっちの山田老に、やっと友達ができたのは大本営の気まぐれのおかげだった。昭和十九年五月、それまでサイゴンにあった南方軍司令部はマニラ移転を命ぜられ、寺内総司令官が到着した。その報に山田老は小躍りして喜んだ。二人は第一次欧州大戦勃発の前夜、危うく国境を突破してロンドンへ脱出したベルリン留学生で、ともにメッチェンの愛を競った悪友なのであった。

寺内元帥は山田老の直言を通じてマニラの実情を把握し、親友として、また「彦左」として大切に遇していた。あのすさまじかったマニラ初空襲の九月二十一日でさえ、村田大使と三人で、燃える港を見ながら晩餐をともにしたほどの友情であった。ちなみに、ベルリンオリンピックの競泳選手団長だった毎日の斎藤巍洋（たかひろ）君がマニラで客死したのも九月のこの頃であった。フィリピン少年に水泳を教えると張り切っていたのに、デング熱にかかり急死した。

マニラの夏のはじまりは、四月から五月にかけてルネタ公園に咲き乱れる真紅の「火炎樹」（ファイア・ツリー）の開花が教えてくれる。

昭和十九年のマニラはすでに物資が底をつきはじめ、名物のカルマタという小馬にひかせる軽馬車の姿も減り、街は汚れが目立ちはじめていた。

それでも内地から見れば、マニラはまだ暮らしよかった。食糧不足も日本人の生活にはまだ直接に響いてはこなかった。現物給与のおかげである。

酒もどうやら手に入った。ダンスホールには魅惑的な混血娘（メスティーサ）の黒い瞳が妖しく微笑みかけ、闇ならば日用品も不便はなかった。

そして内地からはマニラに向けて続々とお客様が「視察」にやってきて、エスコルタの繁華街は日本人で大繁盛だった。駐日ドイツ大使のスターマーが訪れたかと思うと、「高木参謀」の変名で三笠宮殿下が見えたりした。

マニラの海軍を語るとき、忘れられないのは料亭「東（あずま）」（現、新橋「ビーフン東」）である。ここは海軍が軍艦で材料を運んだという「伝説」があるくらい、見事な数寄屋造りで、海軍俗語でいう「ゴッド」、つまりおかみの藤坂絹子さんが台南の本店から来て経営にあたった。はじめは陸海軍の佐官以上が共用していたが、陸軍は対抗上、間もなく「広松」を開店させてそちらに移ったから、客は海軍関係者だけとなった。

平出さんはさっそく、ちょい惚れの女性ができたので、

「後藤君、ちょっと寄ろう」

とよく誘いに来た。平出さんはその後少将に進級したが、「ベタ金」（＊将官の俗称）になったら、万事まわりがうるさくなって閉口していた。「東」は高級クラブの建前上「ストップ」、つまりお泊まりは厳禁である。それでも平出さんは行きたくてしかたがない。あまり付き合わないでいると、

「後藤君、君も誰かに惚れろよ」

などと無理をいうのであった。

三南遣司令部の士官たちは、本職の方は知らないが遊びはなかなか上手であった。「東」の女たちも、「どちらがお客だかわかんない」などと甘えていた。ゴッドの悩みといえば、連中が酔うと芸者の名前を勝手に命名する癖についてだった。みんな「千代」をつけてしまうのだ。「つばめ」ちゃんが「○千代」になり、「すずめ」ちゃんが「△千代」になったりして、ゴッドは頭を抱えていた。そんなのどかな生活に戦さの影がさしたのは、ゴッドの記憶によると、昭和十九年六月、ビアク島をめぐる「渾作戦」の頃のある夜だった。

ビアク島方面に向かう航空戦隊参謀と三南遣の士官の酒席が突然乱れた。「そのままでは済まさんぞ！」と一人の士官が叫ぶと、参謀もすごい形相で軍刀を引き寄せて睨み合う場面があった。

また、サイパン争奪戦後、一人の艦長が荒れた。酔って軍刀を引き抜き、士官たちを追いまわしたのだ。士官らはまず女たちを逃がすと艦長を遠まきにした。庭に下り立った艦長は、軍刀で木を斬り払いながら吠えるように泣いた。物陰からそれをうかがっていた三南遣の副官の目にも白く光るものがあった。

海軍は、このときの海戦（マリアナ沖海戦）を全力で闘い、そして敗れ去ったのである。

「東」が閉店したのは、まだマニラ初空襲に間のある昭和十九年九月八日だった。「海軍さんが荒(すさ)んできて辛い」というのである。

しかしゴッドは、

「自分だけはマニラに残って、艦隊の運命を見届ける」

とキッパリいって踏みとどまった。

「東」の女たちは十月八日と十一月十三日の病院船に乗って内地に帰ったが、ゴッドと「すずめ」ちゃんだけは残り、のちに山中に籠城して命からがら終戦を迎えた。

何カ月かを捕虜収容所で過ごした彼女は、内地復員の旅で、はしなくもふたたび「海軍」にめぐり会う日を迎えた。この日、マニラ港には復員船として旧駆逐艦『槇』と『夏月(なつづき)』が到着した。「大砲のない軍艦というのは、大小を捨てた『御直参(ごじきさん)』といった感じ」だったそうである。

彼女は小さい『槇』に乗艦することになっていたが、隣りの『夏月』の艦橋から、

「東のゴッド、『夏月』に来たれ」

と呼ばれた。当時の『夏月』艦長は、スリガオ沖海戦でただ一隻生き残った防空駆逐艦『時雨（しぐれ）』の艦長だった西野繁氏であった。変わり果てたゴッドの身を案じて、「何かできることがあれば」と呼んでくれたわけである。

彼女は敗戦後の日本の状態は何も知らなかった。知り合いの海軍士官に会えたうれしさから、つい、

「この艦を台湾のどこかにつけてください。私は台南の実家に帰りたい」

と訴えた。

これは難題であった。台湾はもはや日本領土ではない。艦長といっても占領軍に使われている「捕虜」の一人にすぎぬ。しかしそこは「海軍」である。西野艦長はすぐに無線で、

「本艦の高雄寄港を認めるよう進駐軍と交渉されたい」

とやりはじめた。

このやりとりを聞いているうち、ゴッドにもやっと事情が呑み込めてきた。もう台湾も艦船も日本のものではなくなり、自分の持ち出した頼みごとがどれほどの難題であったかも――。

しかし彼女は、この難題に黙って取り組んでくれた艦長の心に感動した。軍艦旗も大砲もない『夏月』の上で、彼女はふたたびめぐり会った「海軍」にうれし涙を流したのである。

西野艦長は別れ際に、「内地はインフレで大変だぞ」といいながら、ひきだしの中から洗いざらしの数枚のハンカチと何百円かのお金を渡してくれたという。その「ニシノ」のネーム入りのハンカチーフは、藤坂家の「家宝」として扱われている。

三百対三

さて、マニラの海軍報道部は三百対三の線を守ったおかげで、陸軍報道部とうまくやっていた。昭和十九年三月三十日に平出大佐が陸海軍の調整のため内地に戻ったことはあったが、それは報道部に関することではなく、前述の陸海軍の作戦思想に起因する対立が原因であった。

そしてこの日、海軍のパラオ基地は敵機動部隊の猛攻を受けた。この空襲ではトラック島に続く大打撃を受けたばかりでなく、ダバオに移動中の古賀峯一連合艦隊司令長官が遭難、「殉職」したのである。海軍ではこの事件を「乙事件」と呼ぶが、詳しくはのちに譲る。

一度だけ、マニラの陸海軍報道部の間に悶着が起こった。ミンドロ島のゲリラ司令部に連絡中の敵潜水艦を撃沈したときである。この艦から敵の「艦型識別表」が手に入り、艦隊司令部参謀が大急ぎでその複写を私に依頼してきた。もう夕方だったが、陸軍報道部の桐原中尉に相談すると、彼はすぐ独断で専門家を招集し、徹夜で精巧なコピーを仕上げてくれた。

艦隊参謀はあまりの速さに感激して言葉もないといった様子だったが、これが陸軍報道部長の斎藤中佐に知れてしまった。

「陸軍が陸軍のために陸軍の費用で集めた人員資材を海軍が徹夜でコキ使うとは何事か！」

と、プンプン怒り出した。

このままでは桐原中尉に申し訳ない。そこで艦隊司令部から陸軍報道部に酒や缶詰をごっそりお届けした。海軍は、いつ軍艦が寄港して補給を求めてもいいように食糧などを余分に備蓄していたので、気軽にプレゼントできたのだが、おかげで部長のご機嫌はすぐ直ってしまった。

何しろ昭和十九年に入ると、ルソン島周辺は敵潜水艦の包囲網に入り、撃沈される艦船が激増していたので、陸軍の食糧は窮迫するばかりだった。フィリピンは戦前から食糧自給のできない国だった。

昭和十九年二月二十日、毎日の高石真五郎会長、鹿倉吉次専務らが本社機『新星号』で南方視察旅行の帰途、マニラに立ち寄った。東京の陸海軍報道部の間で「あわや血の雨」の対決をひき起こした「竹槍事件」は、ちょうどその頃に起きたのである。

竹槍事件

この事件の主役の一人、毎日の新名丈夫記者は、ブーゲンビル島攻防戦に出撃した第二艦隊に乗り組み、制空権なき海戦の悲惨さを直視してきた人である。

ラバウルは叩かれる、ギルバート、マーシャル（ビキニなどからなる旧日本領の島々）は占領される、この敗勢を盛り返すには、海軍航空兵力の充実以外に道はないという新名記者の戦局観により、毎日新聞社内の雰囲気もようやく「海洋航空戦力充実の大きなキャンペーンをやろう」という方向に向かい、首脳部の間では「徳富蘇峰翁に『大記事』を頼もうか」という企画まで検討されたらしい。

実はこの「竹槍事件」の十日前にも、毎日新聞は「前線特派員座談会」と銘打って、「来て見て叫ぶ航空機増産」

という特集をやっている。この記事も検閲を担当する陸軍報道部で問題とされたらしい。

この特集の中で矢加部勝美記者（戦後、労働評論家）は南方前線の実情に触れたあとで、

「兵隊の日常生活というものが実に恵まれていない。私が従軍したニューギニア、チモール方面でさえ『草を食う』という表現がすべてを表わしているといってよいほど原始的な生活をしている」

と述べている。今日の読者からはずいぶん遠まわしな表現に思われるだろうが、検閲のあった当時としては思い切って書いた方だ。そのうえ、

「制空権なき地上戦闘は勝利には絶対に通じていない」

と続けた。大本営の陸軍報道部がカチンときたのも当然である。

この頃、新聞報道を縛るものに「陸軍省令に基づく新聞掲載禁止事項標準」なるものがあり、「わが軍に不利なる事項は一般に掲載を禁ず」となっていた。戦争の場合、ある程度の報道制限はやむを得ないとはいえ、こんな省令があっては、当時の新聞紙面は、どうしても日本軍が勇ましく勝っている面を強調せねばならなかった。

ともかく、陸軍報道部からこの記事を問題にされて数日も経たない二月十七日、わが太平洋の要地とされたトラック島をスプルーアンス提督の機動部隊が襲い、わが艦船、航空機、基地施設に回復不可能な損害を与えた。

この敗北の責を負って陸海軍統帥の長である陸軍参謀総長、海軍軍令部総長が辞任し、東条

英機陸相、嶋田繁太郎海相がそれぞれ兼務するという異常事態を迎えた。

　そして二月二十三日、毎日朝刊はついに一面全部を埋めるキャンペーンを行なった。

「皇国存亡の岐路に立つ」

「勝利か滅亡か」

勝利か滅亡か
戰局は茲まで來た
竹槍では間に合はぬ
飛行機だ、海洋航空機だ

発禁となった記事

「戦局は茲(ここ)まで来た」

「竹槍では間に合わぬ」

の大見出しを掲げて、読者に戦局の危機的様相を訴えたのである。

激怒した東条大将

　折からこの日の早朝、トラック島からさらに北進した敵空母群により、「日本海軍の奥座敷」と呼ばれたサイパン島、テニアン島、それにグアム島が猛爆を受け、ようやく展開をはじめた基地航空隊の一航艦は早くも大きな損害を出してしまった。

陸軍では「海軍の戦闘ぶりはまったく頼りない」といらだっていたのだ。

「こんなときを選んで、明らかに海軍機だけの増強キャンペーンをぶつとは何事であるか！」

と、毎日新聞を読んだ東条首相は激怒した。もう一つ怒る理由として陸海軍の航空機材割当論争が背景にあったのだが、それは後述するとして、毎日の奥村社長の記録（『新聞に終始して』）によると、この日、陸軍省内の局部長会議に東条首相はツカツカと入ってきて、松村陸軍報道部長に、

「報道部長はあの記事を読んだか、読んでいるならなぜ処分しないのだ！」

と怒ったという。このときの東条大将は首相、陸相、軍需相、参謀総長を兼任しており、「東条尊氏」と呼ばれるほどの権力の絶頂期にいた。

松村部長はすかさず、

「もちろん処分いたす所存でございます」

と答えたという。

しかし、この瞬間、松村部長自身、「はて、どこがまずいのか？」と自問したに違いない。

というのも、この紙面は各方面で大いに評価され、毎日新聞社では早朝から称賛と激励の電話が鳴り、内閣情報局からもわざわざ、

「今朝の記事はよかった、表彰ものですな」

と褒めてきたほどであった。

それが東条首相の一喝で情勢は一変したのである。

さっそく松村部長は毎日の吉岡編集局長を呼びつけ、

「執筆者の名前と本籍をいえ」

と迫った。だが、吉岡局長としても「わかりました」とあっさりしたがうわけにもいかず、松村部長との談合がはじまった。すると、またしても東条首相が怒鳴り込んできた。今度は夕刊の記事を読んだのである。

「夕刊も怪しからん、いや夕刊の方が怪しからぬ。明らかに統帥権の干犯である」

と東条首相は決めつけた。当時の夕刊の配達時間は割に早かったのである。

この記事は清水武雄記者が書いたもので、

「一歩も後退許されず、海軍航空兵力の急速な増強こそわれらに課せられた至上命令」

と、朝刊よりも過激に、海軍航空増強の主張を出している。

これを陸軍から見れば、「一歩も後退許されず」と「至上命令」の二点が、軍の進退を命ずる統帥権の干犯にあたるうえに、あたかも陸軍航空は二の次でかまわぬというに等しい。「おのれ海軍め！」と日頃の対抗意識が噴きあがってきたのは無理もない。

心配した奥村社長は、ただちに首相官邸に東条首相を訪れた。新聞社の社長として「首相」に会う資格がある。しかし敵もさるもの、奥村社長を待たせておきながら、サッと車に乗って陸相官邸に移ってしまった。戦時中、「陸相」には面会を強いることはできなかったのである。

翌日、ふたたび松村部長は執筆者の公表と責任者の処分を毎日に要求してきた。しかし記者を守ることは新聞社の建前である。今や「後退許されず」は毎日新聞の側になってしまった。

毎日は肚を決めて二つの処置をとった。一つは吉岡局長、加茂整理部長の辞職。これは陸軍に対する謝罪の意の表明であった。もう一つは、執筆者は新名丈夫記者だけとして特別賞を授与することであった。「謝るけど、悪いと思っちゃいませんよ」というわけである。

すると陸軍はついに「臨時召集令状」という伝家の宝刀を抜いた。新名氏は極度の近視で第二国民兵、年齢三十八である。それをたった一人だけ召集という、異例中の異例の扱いをした以上、殺すつもりであることは明らかだ。

海軍報道部はそんな新名氏に同情し、憂慮した。そこで、日付をさかのぼらせた徴用令状によって、海軍報道班員として早いところ新名氏をパラオの海軍基地に送り出そうとはかった。しかし陸軍の召集令状の方が一足先で、三月三日、丸亀連隊に入隊を命ぜられた。

海軍省内には、「陸軍に渡せば殺されるに決まっているのだから、海軍省内で新名記者に切腹させ、事態を国民に訴えろ」という物騒な意見もあったらしい。ともかく海軍省人事局員が高松の連隊区と交渉した結果、いったんは召集取り消しとなった。だが、喜んだ新名記者が帰京しようとすると再召集の令状が来て、三月七日、結局入隊させられてしまった。

当時、同じ連隊にいた朝日の井沢淳氏（戦後、映画評論家）によると、新名氏の身上調査には赤丸印がついていて、これは生きて除隊させないという人事係の符号だったそうである。

しかし新名記者は幸運だった。シナ事変の際に取材で知り合った将校がそこの中隊長で、今回の陸軍の措置をひそかに不快に感じていたらしく、ついに一回も訓練にも演習にも参加させなかったという。

さて、「竹槍」記事が出た二十三日朝の海軍報道部の定例記者会見では、まず田代中佐が、

「今朝の『毎日』は海軍がいわんとしてきた点を訴えて非常によかった」

と称賛した。

このとき、他社の記者は東条首相が異様な興奮状態にあることを聞き込んでいて、

「首相は毎日を廃刊にしろ、と息まいているが？」

と質問した。そして「さっきのは『発表』ですか」と迫った。発表なら海軍の意向を大っぴ

らに書けるからだ。しかし田代中佐は、さすがにこれには答えず席を立ったという。

果てなき消耗戦

マニラにいた私はこの事件の概要をマニラ新聞の金子秀三(ひでぞう)氏(戦後、RKB社長)から聞いた。そこで私は平出少将に、

「えらい事件になった。何とか新名君をマニラに呼び寄せてくれませんか」

と頼み込んだ。新名記者は平出さんとも親しかった。

やがて新名記者は海軍報道班員に徴用され、私のいるマニラに送られてきた。一航艦付となったのである。六月末、彼はニコラス空港に到着し、私は武官府高等官宿舎に彼を迎えた。「竹槍事件」はこれで終わったわけであるが、実はもう一つおまけがあった。

新名君が海軍によってパラオに送られるはずだったことは前に述べた。その彼が丸亀連隊に入営してしまうと、海軍としては形式を整える必要が生じた。そして新名君の代わりに川野啓介記者が徴用され、パラオに向かった。

パラオ根拠地隊には、その少し前まで海軍報道部にいた富永謙吾中佐が、作戦参謀として東

京から赴任したばかりであった。富永参謀は「竹槍事件」の直接担当官であったが、川野記者のパラオ行きの話は知らなかった。何しろパラオは最前線、次の敵上陸地点と予想されていたのだから、放っておけば生命が危ない。

富永参謀は八方手をまわして、川野記者の転属をとりはからい、巡洋艦に便乗させてマニラへ送り返してくれた。

ところで、「竹槍事件」と、その背景となった当時の戦局について、「悪役」となった陸軍がどのような主張を持っていたかというと、これがなかなか面白いのである。

昭和十八年にはガダルカナル島攻防戦、山本長官戦死を誘発した「い号作戦」など、ソロモンの空を朱に染めて日米航空部隊の壮絶な戦いが展開された。

まだ零戦は若干優位を保持していたとはいえ、わが軍の消耗は激しく、この年度の海軍機の消耗率は百五パーセントといわれた（高木惣吉著『太平洋海戦史』岩波書店）。つまり内地で百機が完成した瞬間に、前線では二百五機が失われた勘定になるわけだ。

この年六月の海軍保有機数は三千六百七十八機、うち戦闘用は六十五パーセントで二千三百九十一機とされているが、同じ月の航空機生産は陸海軍で千二百十七機、うち海軍機の戦闘用は約四百機と推定される（軍需省航空兵器総局統計）。つまり単純な算術によると、年末までの生産機二千四百機に対し、消耗は四千九百二十機、マイナス二千五百二十機。六月末の保有機数二千三百九十一機を算入しても「マイナス百二十九機」という不思議な結果に終わるのであった。

陸軍はしだいに海軍の戦闘能力への疑いを深めていたようである。それが航空機材の割当問題に表われたのだ。

海軍の当初の航空機材の要求は二万六千機、陸軍は一万九千機で、東条首相は一度はこれを受諾する気になっていたという。当時、陸軍省軍務局長だった佐藤賢了中将の『大東亜戦争回顧録』（徳間書店）によれば、それをひっくり返したのは、佐藤中将自身であった。つまり、海軍の戦争遂行能力はアテにならぬ。ギルバードでもマーシャルでも、ついに決戦をやらない。「だいたい海軍は頭が古すぎる。一挙に艦隊主力決戦で敵に勝とうという海戦思想は旧式すぎて敵に通用しない。現代戦は陸海空の総合的な運用による立体的な戦闘様式に変化しつつある。このままでは海軍はたぶん太平洋を防御しきれまい。すると、その後の戦争は陸軍が代わって、大陸を背景にやらなければならない。陸軍航空機はそのとき必要であるから海軍に譲るなどもってのほかである」

といった意見を強硬に東条首相にぶっつけた。東条首相もなるほどと、これに同調してしまった。

だが海軍は食い下がって昭和十九年二月十日（竹槍事件の二週間前）、ついに両大臣と両総長の四者会談が行なわれた。「この会議だけは負かされたら大変だぞ」と、政治工作の苦手な海軍が珍しく宮様方にまで手をまわして臨んだが、ここでも佐藤局長が「黙れ！」の本領を発揮（衆院の委員会で議員を「黙れッ」と威嚇し勇名を馳せた）して、

「二万六千機を差しあげたら海軍は勝ってくれますか。だいたいマーシャルこそ多年の決戦場といいながら、敵がクェゼリンに上陸してもやられっぱなしではないかッ」

と詰め寄り、海軍は反論できないで一方的に押し切られてしまった。

結局、嶋田海軍大臣が妥協して、陸軍二万七千百二十機、海軍二万五千百三十機と、比率では陸軍が上まわる結果となり、海軍省内に「嶋田陸軍次官」などと落書きされる始末であった。

東条首相は、海軍がその恨みを毎日の紙面を使って晴らしたと見たのだった。

「竹槍事件」には、このような背景があったのである。

死闘の幕開け

昭和十九年三月三十日の払暁、パラオの第三〇根拠地隊作戦参謀の富永謙吾中佐は、南洋庁のあるパラオ諸島コロール島のコロール町の表通りを急いでいた。

敵機動部隊接近の情報で、昨日から根拠地隊は陸上の応戦態勢の整備や、港内に残留した多数の艦船の避難誘導に、ほとんど眠る間もなかった。

富永中佐は昭和十五年に海軍報道部が発足して以来、新聞班長として海軍省の赤煉瓦で過ごしてきたが、戦局の悪化を見て前線行きを志願したのであった。

ところが、パラオ赴任直前の二月二十三日、毎日新聞が先の「竹槍事件」を起こしたため出発が遅れ、来島してからまだ一カ月しか経っていない。だから今回の敵機動部隊の来攻はまったく気の重い「手合わせ」であった。

二月十七日にトラック島が敵の大空襲を受けたあと、にわかに連合艦隊の泊地となったパラオの防備は、この段階ではまるで進んでいなかった。

パラオの邦人は北海道と沖縄の出身者が多く、国民学校は二つもあったが、この人たちの疎開にも手がついていない。

基地航空隊の飛行場づくりも遅れ、やむなく旗艦『武蔵』はじめ艦隊の将兵が「土方（どかた）」になってパラオ本島のアイライ飛行場造成に駆り出された。

コロール町の表通りはよく舗装され、二重の椰子並木がさわやかな風情を見せていた。夜明け前の南海の空は鋼色(はがねいろ)に冴え、寝不足の頬を朝風が快く打った。

コロールからは、対岸のパラオ本島に造成中のアイライ飛行場が見えた。ここは傾斜の強い滑走路なので、零戦隊のパイロットは離着陸の困難を今から心配していた。

その飛行場上空に、今朝はキラキラと豆粒のような機影が舞っている。

「ほう、航空の連中、今朝はえらい張り切っているな」

富永参謀はその機影を、味方の戦闘機隊がてっきり舞いあがったものと思った。

彼が大本営参謀時代に書いた『近代海戦論』(昭和十八年、成徳書院)によれば、米空母群は、攻撃前日の日没から三十ノットの高速で目標に接近を開始し、夜明け前、約三百カイリ手前で攻撃隊を発進させる。つまり相手方哨戒の虚をつくのである。これが米軍の定石だった。

この日のパラオの日の出は午前六時二分であったから、この時刻に味方戦闘機隊が空中にあれば、トラック島の情けない敗北の再現は避けられるはずである。それに「敵味方同時発進」のわが新戦法によって、味方攻撃部隊も今頃は相手の裏をかいて敵機動部隊めがけて殺到しつつある頃だ。「今度は大丈夫だ」と中佐は疲れた自分を励ますようにいい聞かせた。

と、そのとき、上空の豆粒の編隊は、逆落としの姿勢で、こちらめがけて舞い降りてきた。

「おや？」

富永参謀はそれが戦闘機のではなく、艦爆（＊艦上爆撃機）特有のダイブであることに気づいた。

「敵機！」

と叫ぶのと、戦闘ラッパがどこかで鳴ったのと、爆弾が港付近に落下するのと、すべてが同時だった。

椰子の幹を伝い隠れながらやっと司令部に辿り着いたとき、泊地内に残留していた貴重なタンカーは次々に燃えあがっていた。

昨夜、夜を徹して艦船を誘導し、被害を最小限に食いとめようとした努力も空しかった。かくて運命の「海軍乙事件」をひき起こしたパラオ大空襲は昭和十九年三月三十日、『近代海戦論』に述べられた定石通りに、歯ぎしりする筆者、すなわち富永参謀の目前ですさまじい死闘の幕を開けたのである。

フジ事件

空襲前、パラオに進出していた連合艦隊司令部に入っていた敵情は次のようなものとされた。三月二十六日、メレヨン島から発進したわが哨戒機は西航中の「空母二発見」を報告、中部太平洋艦隊司令部（在サイパン、南雲忠一司令長官）は警戒を下令。二十九日にはさらに「三群以上の空母」が確認された。

このため在パラオの艦船の退避が開始された。第二艦隊の巡洋艦群は北へ向かい、メレヨン島に向かう南洋第五支隊を乗せた船団も早々にパラオを出港した。午後二時、古賀峯一連合艦隊司令長官が座乗する旗艦『武蔵』ほか数隻は、長官以下連合艦隊司令部要員をパラオに上陸させると、これも大きな図体をすくめるようにして出ていった。燃料ばかり食って航空戦に役立たない引け目もあったろうが、事実、パラオ水道は狭くて操艦がむずかしかった。この直後、『武蔵』は艦首に敵潜の雷撃を受け、修理のため内地に直航した。

こうして連合艦隊主力は逃げ延びたが、お供の艦隊タンカー群はなぜか在泊を命ぜられた。工作艦『明石』やタンカー『大瀬』など、かけがえのない特務艦ばかりである。おとりのつもりなら、あまりにも貴重な標的だった。

その他、港内には前日出港を命ぜられた船団がまだ相当数残っていた。彼らはトラック島の戦訓から、沖合で米艦隊の艦砲につかまるのを恐れていた。港内に潜んでいれば生命だけは助かる公算が大きいので、出港をためらったのだ。

ところがこれらの在港船は、この三十日朝の空襲でほとんど沈没した。『明石』はじめ十八隻沈没、三隻大破、駆潜艇八隻沈没、その他基地施設、重油タンクが壊滅的な損害を受け、航空機も全機損耗した。後日、大本営が、その不始末を査問に付すると息まいたのも無理はない。

この日の空襲は朝五時三十分から夕刻十七時三十分まで続き、十一波、のべ四百五十六機が来襲した。

しかし富永参謀が最初にアイライ上空に見た豆粒のような編隊の一部は、あるいは味方の零戦隊であったかもしれない。というのは戦史資料によると、二〇一空（第二〇一海軍航空隊）の二十機、五〇一空の十二機の零戦がこの時刻、邀撃に舞いあがったことになっているからだ。また攻撃隊もたしかに同時発進の定石通り、十一機の雷撃隊が午前三時発進にかかっている。しかしエンジン出力が低下していたためか、一、二番機とも滑走路のはずれの椰子林に突っ込んで炎上、これで残りの攻撃隊は離陸不能となり、地上撃破されてしまった。

しかも敵機動部隊に対してわが軍は、遠くのグアム、テニアンからも少数の攻撃機隊が攻撃をかけたが、戦果はまったくなかった。

古賀長官は、空襲下の午前八時三十九分、「Z作戦命令」に基づき、全艦隊に対し「丙作戦第六法及丁作戦警戒」を発令した。また長官はこの作戦実施のため、シンガポールに近いリンガ泊地で新編制中の第一機動艦隊の六〇一空（従来、一航戦と呼称したもの）に対し、フィリピンのミンダナオ島ダバオに進出を命じた。


この「丙作戦第六法及丁作戦警戒」というのは、西カロリンすなわちパラオ（丙作戦第六法）と西ニューギニア（丁作戦）で決戦に備えよ、という命令である。

この作戦命令は三月八日に下令されたばかりのもので、のちに詳述するが、邀撃帯を北は千島からサイパン、パラオ、西ニューギニアの絶対国防圏上に置いた、いわゆる「新Z作戦」である。司令部はこの邀撃帯を、パラオを中心として二分し、サイパンを支とう点とする北方邀撃帯と、ダバオを支とう点とする南方邀撃帯とを設定した。

今回のパラオ空襲は南方邀撃帯の決戦を予想させた。とすれば司令部はまずダバオに移動しなければならない。

これから紹介する、古賀峯一長官および連合艦隊司令部の惨事は、以上の「Z作戦命令」に基づくダバオへの移動中に起きた、海軍史上最大の遭難事件であった。海軍ではこの事件を、山本五十六長官戦死の「甲事件」に続くものとして「乙事件」と呼んだ。また、司令部遭難後、福留参謀長らは捕らわれの身となるのだが、その事件を現地にいた関係者は別に「フジ事件」と称していた（不時着の意味か）。

ともかく一年足らずのうちに二人の連合艦隊司令長官とその司令部要員を失ったことは、海軍にとって大きな痛手であった。

ちなみに「甲」「乙」に続く「丙事件」は幸いにして起こらなかった。それは古賀長官のあとを継いだ豊田副武（とよだそえむ）長官が前線に出ず、後方の陸上で指揮をとるというアメリカ流のシステムを採用したからである。もし採用しなかったら、さしずめ昭和十九年十月のレイテ沖海戦あたりで「丙事件」が生まれたかもしれない。しかし別の角度から観察すると、もし豊田長官が自ら戦艦『大和』に座乗し、レイテ湾に突入していたら、栗田艦隊も敵前で「逃亡」することなく、『大和』『武蔵』の主砲が威力を示し、マッカーサーとその軍団約二十万をレイテ湾の海底に叩き込んでいたかもしれない。

ちなみに古賀長官も大本営に、後方で指揮をとるように勧められていたのだが、

「アメリカとは事情が異なる」

と、どうしても前線を離れようとはしなかった。

古賀長官の決意

ここで「Z作戦」について説明しよう。

太平洋戦争中、日本海軍には「Z作戦命令」が三つ存在した。

まず、山本長官の「真珠湾攻撃」が第一回の「Z作戦」である。

二番目は昭和十八年八月十五日付「機密連合艦隊命令作第四十一号」として発令されたもので、これはマーシャル、ギルバート方面での本格的迎撃作戦を目指したものであった。

真珠湾攻撃には多分に「賭け」の要素が混じり込んでいたが、この二番目の「Z作戦命令」は帝国海軍が数十年にわたって練りあげた、対米戦略の結実と称すべきものであり、当時の新聞・ラジオで「決戦！　決戦！」とやかましかったのは、実に中部太平洋で日米主力が雌雄を決すべき本作戦を指していた。

この命令発令とともに海軍は、同日以降の連合艦隊の作戦をZ作戦と呼称するとして、対米新作戦の開幕を告げている。

その命令文は、

「太平洋正面ニ於テ敵艦隊攻略部隊来攻スル場合、連合艦隊ハ同方面集中兵力ノ全力ヲ挙ゲテ之ヲ邀撃撃滅ス。本作戦ヲ『Z作戦』ト呼称シ其ノ作戦要領（連合艦隊決戦配備）ヲ別冊ノ通リ定ム」

というもので、海軍が本作戦にこめた自信と覚悟のほどをうかがわせるものがあった。

作戦要領を概観すると、千島方面を第一とし、本州、内南洋、ソロモン、ニューギニア、スマトラ、ビルマにかけて半円形に第九までの邀撃帯を設け、これを甲、乙、丙に作戦区分し、とくに中部太平洋を丙の一から六までに分けた。たとえば「丙作戦第二法」といえばマーシャル方面の作戦を指すわけである。号令は「警戒」「用意」「発動」と順序されていた。

そのマーシャルに敵主力が接近した場合、「丙作戦第二法用意」により、わが機動部隊は「第二法Q」すなわちクェゼリン島付近、北緯十度、東経百六十六度の地点に進出待機するなどの細目が規定された。ほかに兵力配置や哨戒区分など、厖大な内容を持つ作戦計画書となっており、本作戦の成否こそ、日本の命運を決するものと統帥部は考えていた。

この作戦を指揮する古賀長官の決意もまた悲壮なものがあった。長官の主張は、海軍ばかりではなく陸軍戦力（主に航空）の総力をもあげた一戦を「全力決戦」として戦うという強硬論だった。長官は、「開戦にあたって国家をあげて重大決意した如く」、この「Z作戦」の実施に取り組むべきこと、つまり作戦に失敗すれば戦争をやめる決意も含めて国家の命運をここにかけるべし、と上層部に迫ったのである。

古賀長官は軍縮派の山本五十六前長官、堀悌吉中将と親友であり、日米の戦力差をよく心得ていた。地味な人柄で人気は沸かなかったが、海軍部内では積極的な決戦主義者として知られていた。昭和十八年五月八日、戦死した山本長官のあとを継いでトラック島の連合艦隊司令部に着任した古賀大将は、ただちに最高幹部を集めて、

「海軍の兵力は対米半量以下に低下し、そのうえ、ラバウル航空戦（い号作戦）の結果、決戦兵力の多数を失い、仮にわが企図する邀撃決戦を行ない得たとしても、三分の勝ち目もない」

と厳しく分析するとともに、

「戦略的にも地理的にもわれに有利なマーシャル線において早期に決戦することが、たとえ玉砕戦に終わるとも最大の戦果を期待する唯一の戦法である」

と訓示したという。

古賀峯一元帥

これほど力のこもった決意に基づく二番目の「Z作戦命令」

であったが、昭和十八年十一月、敵機動部隊が新空母をもってギルバート攻略に乗り出し、次いでマーシャル群島のクェゼリン、ルオットに上陸するという絶好機にも、ついに発動されないまま廃案となってしまった。

その原因は母艦パイロットのラバウル転用による消耗であった。母艦パイロットがどうやら発着艦を覚え、洋上の一点にすぎぬ母艦位置を割り出して帰投する航法を会得（えとく）するまでには最低半年はかかるとされる。

日本の空母部隊はミッドウェーの敗戦に続き、各海戦で多くのベテランパイロットを失ってきた。このうえラバウルで基地航空部隊として消耗するのは割が合わない。しかし昭和十八年十月に開始された連合軍による大規模空襲に苦しんでいたラバウルからは、必死で助太刀を頼んでくる。

やむなく、割が合わないと知りながら、古賀長官は虎の子の第一航空戦隊（機動部隊所属の航空隊、略称は一航戦）を、「ろ号作戦」に短期間貸し出すことにした。

だが、昭和十八年十一月一日午後二時三十分、一航戦百五十二機の大編隊がラバウルの山の上飛行場に着陸したそのとき、敵はブーゲンビル島トロキナ岬に上陸を開始していた。もはや「ちょっと手を貸してやる」などという状況ではない。現地は決戦気がまえだから、一航戦も引っ込みがつかなくなった。

悲劇的だったのは、一航戦の使用機が開戦以来の旧式機だったことである。攻撃主力の九九式艦爆も九七式艦攻もあまりに鈍足だった。とっくに補充されているはずの新鋭機、彗星（艦爆）や天山（艦攻）などの生産はひどく遅れていた。

米軍機の方は、グラマンをはじめ性能が大幅に向上している。おまけにラバウルに来襲した敵機はハルゼー提督の母艦パイロットに代わっていた。ハルゼーはこの新鋭部隊を中部太平洋のスプルーアンス提督から借りてきたのである。

何のことはない。本来、中部太平洋上で雌雄を決すべき日米の母艦パイロット同士が、ラバウルで助太刀としてわたり合ったわけである。

勝負はすぐついた。一航戦は二週間もたなかった。消耗に驚いた司令部が作戦中止を命じたとき、機材は三割に、人員は半分以下に減っていた。

だから十一月十九日、スプルーアンスの機動部隊がギルバート諸島のマキン、タラワを襲ったときには、生き残りの一航戦パイロットは空母『瑞鳳（ずいほう）』に収容されて、戦場を背に、内地に「敗走中」だったのである。

昭和十九年二月一日、敵はマーシャル群島のクェゼリン、ルオットを占領。さらに十七日、基地トラックに爆撃を浴びせたときも、連合艦隊は手も足も出せなかった。「マーシャルにおける全力決戦」はついに実現できず、二番目の「Z作戦命令」はこうして幻に終わったのである。

最後のZ作戦

三番目の「Z作戦命令」は、養成中の基地航空部隊である第一航空艦隊（一航艦）を邀撃主力として発想された。『武蔵』は昭和十九年二月十五日、横須賀に入港し、連合艦隊司令部と大本営は合同作戦会議を開き、三番目の「Z作戦命令」を討議した。

トラック大空襲の報が入ったのは、十七日のその会議の席上だった。当時訓練中の一航艦は急ぎサイパン方面に展開を命ぜられ、十九日には先発隊が内地を離れた。

トラック島の損害は信じられぬほど大きく、前にも述べたがその責を負って杉山参謀総長、永野軍令部総長が辞任し、東条、嶋田両大臣が総長を兼任するという異常事態を迎えた。陸軍は同日付で、満州の遼陽城外に在った第二九師団にサイパン方面への移動を命じた。グアム島生存の横井庄一伍長の部隊である。

連合艦隊の古賀司令長官、福留参謀長は先の「全力決戦」の必要性を、この会議でも強く主張した。とくに陸軍航空兵力の全面的な協力が論議の的となった。

福留参謀長は、戦後の米戦略爆撃調査団に対する証言の中で、

「全陸軍航空兵力の決戦線上への展開を要求し、陸軍は『そのときが来たら考えよう』と答えた」

としている。

永野修身元帥

ところが、陸軍の佐藤賢了中将の『大東亜戦争回顧録』によれば、陸軍はこのときすでに海軍の戦闘能力に見切りをつけ、陸軍独自の決戦構想を準備していた。

海軍の思想からすれば、日本は加工貿易国であり、御前会議で設定した絶対国防圏の一角が崩れ、その内側に敵が侵入したときは、本土の工業力と南方諸地域の資源とは切り離され、海上交通の停止とともに海洋国家としての生命活動は終わると見た。

しかし陸軍は、日本の生命線を満州と中国占領地に求め、本土決戦と中国における陸上決戦によって米進攻部隊を撃破する戦略に活路を見出そうとしていた。

毎日新聞の「竹槍事件」騒動なども、実は陸海軍の決戦戦略の対立に根ざすもの、と見るこ

とができる。巷では高級料亭が廃止され、おかみたちがせめて軍需工場の寮に指定してもらおうと社長連中を口説いて歩いたのもこの頃である。

三月一日からは、土、日曜日が全廃された。「二合三勺」の配給米に飢える国民は休日も取りあげられて、決戦体制に動員させられる段階となった。

軍令部との協議を終わった連合艦隊司令部は三月八日、パラオの『武蔵』艦上から「Z作戦命令」を発した。「機密連合艦隊命令第七十三号」というのがそれである。

この三番目の「新Z作戦」が前のものと大きく異なるのは、まず各種邀撃帯がグンと縮小され、絶対国防圏と呼ばれる千島からサイパン、パラオ、フィリピンの線に後退した点である。

たとえば「旧」の作戦区分ではマーシャルを指していた「丙作戦第二法」は、「新」では「南鳥島」となったし、「旧」ではギルバート、マーシャル両方面を指していた「丙作戦第六法」は、前に紹介したように「西カロリン」（パラオ）を示すものとされ、さらに西ニューギニアを指す「丁作戦」が追加されていた。

もう一つの特徴は、兵力の用法にＡＢＣＤの段階を設けた点であった。このランク付けは海軍における技能の標準をそのまま持ってきたわけであるが、なぜそんな細かい配慮をしたかというと、リンガ泊地で猛訓練中の第一機動艦隊（昭和十九年三月一日に編制）の練度に関係があった。つまり、母艦パイロットの発着艦技能の向上ぶりを横目で睨みながら、ＡＢＣＤと小きざみに用法を変えていこうという苦肉の策であった。

昭和十九年三月末、第一機動艦隊の主力をなす六〇一空の技能は、

「全機昼間、基地作戦可能」

「全機昼間、母艦発艦、基地帰投可能」

であった。つまり昼間発艦だけはできるが、帰りは陸上でないと降りられないという程度だった。

これを「新Z作戦」の用法にあてはめると、C法「航空第一撃ヲ母艦ヨリ作戦シ爾後基地ヨリ作戦ス」ということになる。D法というのは陸上からしか飛べない状態を指す。このとき、古賀長官からダバオ集結を命じられる六〇一空のパイロットの技能はCかDのような状態だったのだ。

わずかでも訓練時間を稼ぎ、全機発着艦可能となればB法をとり、夜間発着艦可能となればA法をとるというふうに、涙ぐましいやりくりを考えていたわけである。

さて、パラオでは三月三十日に続いて三十一日も空襲は続いたが、泊地内にめぼしい目標がなくなったせいか、敵機数はかなり減っていた。

この朝、連合艦隊司令部は「丙作戦第六法用意D法」を発令し、洋上の第二艦隊およびシンガポールの六〇一空に正式にダバオ集結を命じた。

そして司令部もパラオへの米軍上陸近しと見て、ダバオ移動を決定し、サイパンに待機させてあった二式大艇にパラオ集合を命じた。

不可解な夜間飛行

この移動にあたって直前にパラオ残留を命ぜられたただ一人の司令部幕僚、中島親孝(ちかたか)中佐は、第二艦隊から第三艦隊、次いで連合艦隊、もう一度第四艦隊から連合艦隊と、一貫して情報通信に携わってきたベテラン参謀である。

三月三十一日夕刻、司令部に帰った中島参謀は、司令部が夜間飛行で移動することを知らされて一瞬いぶかった。

夜間飛行はかえって危険が多い。だからこの日の朝の打ち合わせでも、四月一日早暁出発の予定であった。

もともと中島参謀は、ダバオ脱出そのものに賛成ではなかった。つねづね、パラオに敵上陸の可能性なしと主張していたのだ。

ダバオの通信施設は大きな作戦指揮には不充分で、飛行場も昔からある第一飛行場に滑走路が一本あるきり、防空火力も掩体もないところによちよちの六〇一空を進出させたところで、とても戦争にはならない。そのダバオで南方邀撃帯の指揮をとるのは、はじめから無理があった。福留参謀長も自信はなかったと見えて、

「ダバオがまずければサイパンに移るから」

といっていたという。

だが、そうと決まれば、何もあわてて夜旅をかける必要はない。

ダバオ港には八五一空の水上機基地があり、夜間の着水も可能であったが、司令部の移動は安全第一をはかるべきである。

もう一つ、通信上の問題がある。

電波はいずれも、地上百キロから四百キロまでの電離層に反射しながら遠達する。ところが夜間はこの電離層が移動するため、しばしば通信が途絶した。司令部が移動中、通信不能となる状態は、情報参謀としては何としても避けたかった。

しかし福留参謀長は、

「もういい、飛行艇も到着する頃だし」

と出発を強行したのだ。

しかたがないので中島参謀は、一番波長の長い無線機用の水晶玉を選んで通信士に持たせたという。夜間は波長の長いもの、水晶玉でいうと厚いものが適していたのである。

しかし、心配は当たった。あとで明らかになったことだが、移動中の司令部からの無電は、どこにも到達しなかった。

その頃、遙か離れたテニアン島の一航艦司令部でも松浦五郎参謀がＧＦ（連合艦隊の略称）司令部の夜間移動を心配していた。松浦参謀は、古賀長官が『伊勢』艦長の頃、結婚の世話をしてもらった縁で特別に親しい間柄であった。

そこで松浦参謀は、わざわざサイパン島から二式大艇の機長たちをテニアン島の司令部に呼びつけて指示を与えた。一番機長難波正忠大尉、二番機長岡村松太郎中尉である。とくに岡村中尉は、『妙高』の航空兵時代からの顔馴染(かおなじみ)で、彼が信頼する叩き上げのベテランであった。

松浦参謀は岡村中尉に、

「ＧＦの内藤航空参謀はせっかちだから、飛行艇が着くとすぐ飛べというに違いない。そのときはこの俺が『夜間は絶対飛ぶなといった』と答えろ」

と申し渡し、定法通り、離水は日の出の一時間前とするように厳重な注意を与えたという。

のちに松浦参謀は、

「私の指示を、あのとき、文書にして内藤に伝えてやれば、長官を死なさずに済んだ」

と残念がっていた。

出発の日、テニアンの一航艦司令部には、ダバオ方面に低気圧発生の気象情報が届いていたという。だが肝心のパラオのＧＦにはこの気象情報は入っていなかった。

それにしても、なぜ福留参謀長は夜間移動を強行したのだろうか。レーダー誘導はおろか、ラジオビーコンさえない当時のダバオである。航空に詳しい福留氏がその危険を知らぬわけはない。

その理由を、福留参謀長は終戦直後、米戦略爆撃調査団の尋問に対し、

「パラオ大空襲が、単なる空襲の繰り返しであるか、本格的上陸作戦であるか、判断に迷った」

と述べている。

また当時、たまたま南東方面（ラバウル）視察に出ていて生き残った連合艦隊司令部の小林参謀副長も、敵上陸を恐れたのではないかという。三十一日夕刻、パラオに近いヤップ方面を

飛んだ七六一空（在テニアン）の索敵機が「空母二ヲ基幹トスル大部隊、進行方向西十八ノット」と打電したといわれるが、この索敵機の発信は午後六時五十五分とされるから、パラオ現地が血相を変えたのもこのときだろう。大部隊といえば当然、上陸船団をともなうことが予測される。とすれば、パラオ上陸はあり得ないことではない。しかも「パラオを敵主力が目指す」というのはかねてよりわが海軍中枢部の「信念」になっていた。

富永中佐によると、彼のパラオ赴任が決まり、その壮行会が軍令部で開かれたとき、作戦課長は、

「次は間違いなくパラオに来るだろう。君も元気でやってくれ」

と激励している。そんなことといわれても元気が出るような戦況ではなかったが、この「信念」みたいなものが、「乙事件」から三カ月後に行なわれた「あ号作戦」（サイパン、マリアナ沖海戦）のとき、裏目となって現われた。そのとき、古賀長官に代わった豊田副武連合艦隊司令長官以下は、サイパンへは空襲のみ、敵の進攻はパラオ、と決戦場面を想定していた。ただ一人、中島参謀が「パラオは陽動、サイパン上陸必至」と判断し、強引に軍令部に「あ号作戦命令」の発動を承諾させたのだが、この決定に二日間を空費したことが、帝国海軍最後のこの全力決戦に不覚をとった原因の一つといわれる。ともかくこのときの中島参謀の判断は、彼が情報の神

様としての本領を発揮した一場面であった。

なぜ中央はパラオ、つまり西カロリン方面での決戦を期待したのか、それは、もしパラオよりも遠いサイパンに敵主力が進攻した場合、日本艦隊のタウイタウイ泊地（フィリピン）からサイパン付近まで艦隊を動かすタンカーが残っていなかったためだ。軍令部が決断を遅らせたのも、遠くに出撃させると、中途で連合艦隊がガス欠で太平洋を漂流するおそれがあったからである。

乙事件の真犯人

ともかくパラオの根拠地部隊はあげて陸上戦準備に血まなこになった。

戦場心理というものは微妙に動く。パラオ現地のこのような雰囲気が、理性的判断を超えて、福留参謀長に脱出を促す結果となったのであろう。あとで考えれば、あえて夜間移動を強行するほどの切迫した情勢ではなく、夜明けとともに出発すればよかった。現に松浦参謀のいう通り、夜明けを待って飛んだ二式大艇三番機は無事ダバオに到着している。

だから中島参謀にいわせれば、

「乙事件は起こらずに済ませられたアクシデント」

ということになる。

これについては福留氏も気がとがめていたのであろう。戦後になって氏は、「この事件は大本営から通報された情報が原因した」と説明している。すなわち、

「重大情報（七六一空索敵機からの報告）が大本営から通報された。敵の大輸送船団がアドミラルティ北方を西航しているという情報であった。しかし、このときの大輸送船団の動静が全然虚報であったことがあとで明らかになった。この虚報こそは、実に古賀長官の戦死のみならず、連合艦隊司令部全滅の重大な原因をなしたのである」（昭和二十六年、『海軍の反省』日本出版協同）

というのである。

これでゆくと大本営が真犯人ということになるわけだが、はたしてそうなのか。福留氏自身が同一情報に関して、終戦直後の米軍の尋問には、

「この頃、敵大輸送船団がアドミラルティ諸島北方を西航中であるとの情報が入り、また敵機動部隊の一部も西航中であることから、敵は西部ニューギニアに上陸を敢行するのではないか、と考えた」

と述べて、虚報問題には触れていない。

それはさておき、この大本営からの「重大情報」が福留参謀長の手もとに届くためには、司令部の中島「情報」参謀の手を経なければならない。だが、当の中島参謀は、

「当時そんな重大な情報は一つも入っていなかった」

というのである。大本営の情報電ともなると暗号も高度のものであったし、中島参謀を通さないことはあり得ない。

「それが直接、福留さんの手もとに行くはずはねえんだ」

と、この人、ムキになると少し巻き舌になる癖がある。

さて、サイパンからの二式大艇がパラオのマラカル泊地に着いたのは、三十一日夜の八時であった。港には炎上中の味方艦船が十数隻もあり、凄愴な夜景に変わっていた。

一番機（難波機長）には古賀長官、山口副官、上野機関長、柳沢首席参謀、大槻航海参謀、内藤航空参謀らが乗り込み、午後九時五十五分に出発した。

同乗する予定だった情報参謀の中島中佐が直前になって連絡のためパラオ残留を命ぜられたことは前に述べた。すっかりくさった彼はこのとき富永中佐に、

「やれやれ、ここで貴様と心中するなんて、運命の神様もヤボなことをするもんだ」

と毒づいた。だが、運命の女神は何の気まぐれか、そう好男子でもない中島参謀の方に微笑んだ。このとき二式大艇に乗らなかったために中島氏は富永氏ともども生きて終戦を迎えることができたのである。

二番機は一番機と編隊飛行の予定であったが、一番機の離水後に敵機接近の警報（＊誤報）が出たため少し遅れて離水した。

私はこの警報は、一番機の機影を敵と見誤ったものと思う。これとよく似た体験を、毎日新聞航空部の高石晴夫パイロット（戦後、航空部長）が台北上空でしている。交信中のラジオ（＊無線機）が「敵機接近中」というのであわてて逃げると「敵は逃走中」、また近づくと「空襲警報発令」という繰り返しで、何回目かに彼は「敵機とは俺のことか」と気づきやっと着陸できたという。最後にラジオは何といったか知らない。「敵機着陸」とはまさかいわなかったであろう。

余談はともかく、その警報のために一、二番機は予定された編隊飛行が不可能になった。

二番機（岡村機長）には福留参謀長、山本（祐二）作戦参謀、小牧航空参謀、奥本機関参謀、小池水雷参謀、山形通信長、大久保軍医長らが乗り込んだ。このとき前に説明した日本海軍の最高機密「Z作戦計画」の書類をしまった鞄は福留参謀長の脇にしっかり抱えられていた（＊

千早正隆中佐によると「古賀長官と山本参謀も所持していた」という)。

三番機は未明に出発を延期した。

当夜は月齢六日半で、月明は午前一時三十分まで期待し得た。パラオからダバオまでは西に約九百五十キロ(＊東京〜博多間に相当)。二式大艇なら遅くとも一日午前零時三十分には到着できる行程であった。

古賀長官は出発直前、

「本職三月三十一日、パラオ発ダバオ経由サイパンニ進出ス」

と打電させた。これが全海軍にあてた長官の最後のメッセージとなった。

こうして連合艦隊司令部要員を乗せた二機の大艇は、炎上を続ける味方艦船の間を縫うようにしてダバオを目指して「水を切った」のである。航空隊では離陸のことを「車輪を切る」というが、水上機隊では「水を切る」と表現した。

翌日、すなわち四月一日は土曜日であったが、古賀連合艦隊司令長官よりダバオに集結を命ぜられた航空隊や艦隊はその準備に忙殺されていた。

しかし、各部隊が戸惑ったのは連合艦隊司令長官の突然の「沈黙」であった。

各地の報告では敵機動部隊はすでに退去しつつあるのに、肝心のGFは何もいってこない。不吉な異常を感じつつも全部隊は終日待機、長官命令を待ち続けた。

その緊張と不安に答えたのは、パラオ在留の中島参謀が発した次の電文であった。

○一、二一五○（四月一日、二十一時五十分）発、GF中島参謀

GF長官以下幕僚の大部搭乗の八○二空、八五一空の二式大艇各一機、三十一日二二○○パラオ発ダバオに向かいたるまま○九五五に至るも到着せず、八○二空飛行艇は○三○○セブ南方フェルナンド沖にて不時着大破炎焼、搭乗員ほか行方不明、4KFよりGF参謀副長に伝えられたし。

宛大臣総長

この頃、前に述べたようにGFの小林参謀副長がラバウルを視察中だったので、4KF（第四南遣艦隊、在インドネシア）から副長に連絡するよう依頼したのである。

これが「乙事件」の第一報となった。

その前にパラオを四月一日朝四時五十六分に発進した三番機は、三時間後の七時四十分には

無事ダバオに到着、一、二番機の未着に驚きダバオから各地に無線で問い合わせてみたが、手がかりはなかった。

中島参謀の電文にある「八〇二空飛行艇は〇三〇〇セブ南方フェルナンド沖にて不時着」は福留参謀長以下が乗っていた二番機のことで、生存の搭乗員一名がその朝、ナガ町の小野田セメント工場に泳ぎ着き、工場長に他の生存者の捜索を依頼したことで遭難が判明したのだ。

セメント工場には陸軍大西部隊の兵が駐屯していたが、陸軍には内密にして二十二キロ離れた海軍三一警セブ派遣隊に行き、そこから打電したので報告は夕刻になっていた。そして海軍のセブ派遣隊は、その後も現地陸軍には一言も事件を知らせないまま、マニラの三南遣司令部とだけ連絡をとっている。

三南遣でこの事件を担当したのは作戦参謀山本繁一少佐であった。彼はマニラに赴任してまだ半月しか経たないのに、この大事件に直面したのである。

四月一日は朝から快晴であった。三南遣司令部で山本繁一少佐は「セブに二番機が不時着水した」との報告を受け、不吉な予感に身ぶるいしながら、ダバオに照会の暗号電を打った。やがて在フィリピンの航空機が動員され、血まなこになって洋上と陸上を捜したが、一番機、二番機とも消息はつかめなかった。

山本繁一少佐は一年前の悲劇を思い出した。昭和十八年四月十八日、ラバウルに将旗を移していた山本五十六連合艦隊司令長官は前線の陸海軍将兵を激励するため、ブーゲンビル島方面に向かう途中、暗号を解読した敵の待ち伏せに遭い、長官座乗の一番機は山中に激突して長官は戦死、二番機は海上に不時着して宇垣参謀長は重傷を負ったのである。海軍が「甲事件」と呼ぶそれと同じような事件が発生したのではないかと、山本繁一少佐は憂慮した。またしても連合艦隊司令部は消滅したのであろうか。救援のため彼はひとまずセブ島に飛んだ。

「古賀長官捕虜」の噂

昭和十九年五月五日、大本営は、

「連合艦隊司令長官古賀峯一大将は本年三月、前線において飛行機に搭乗全般作戦指導中殉職せり」

と報じ、古賀長官の「殉職」を公表した。

ところが、この殉職という表現が世間では異様に受け取られた。というのは、当時は病死でも何でも「戦死」にしておいたからである。ましてや作戦指導中なら戦死に決まっている。内地ではなく、前線ならばなおさらであった。

これについては海軍の高木惣吉少将も『自伝的日本海軍始末記』（昭和四十六年、光人社）の中で、「人事局の思いやりのない処置によって悪い噂を生む種をつくった」と嘆いているが、後日の「古賀長官生存説」の根源はこれである。

この発表を行なった海軍上層部の感情を富永謙吾中佐は自著『大本営発表の真相史』（＊平成二十九年に中央公論社より復刊）の中で、

「（この事件に対し）海軍中央部は非常に消極的であり、うかうかすると長官らは罪人扱いにもなりかねない空気だった。その間にあって当時作戦部に籍を置かれた高松宮殿下が、連合艦隊司令長官の地位に対する最高の儀礼はぜひ尽くさねばならぬことを強調、報道部長弔辞にも殿下が筆を入れたようなわけであった」

と書いているが、たしかに報道部も「甲事件」のときに行なったような「状況説明」を省略して、一般国民に何らアピールする努力をしなかった。

状況が知らされないと、人間は想像でこれを補完してゆく。

「状況の発表がないのは、捕虜になって自決したためだ」

という噂が流れはじめた。同じく遭難した福留参謀長が捕虜になって生存していた、という予期せざる事実が、ことによったら古賀長官も同じケースで生きている、もしくは生きていたのではないかという臆測を生んだのである。噂は噂を呼んで、自決の場所もセブ市郊外だったり、巡洋艦『青葉』艦上だったりと、いちいちもっともらしい説明までついていて、古賀長官は救出した大西精一中佐に「武士の情けだ。自決させてくれ」と頼みピストルを借り正座してこめかみを撃ち抜いた、というのもあった。当時なら、実際にこんな「自決」があり得る状況だったから始末が悪い。

「殉職」という異例の表現には、連合軍側も疑惑を持ったらしい。英紙『マンチェスターガーデアン』は、

「古賀はマーシャル群島の喪失とトラック島に打撃を受けた責任を痛感し、天皇に対する奉仕に失敗したという日本流の名誉心から出発してハラキリを行なったとも考えられる」

と伝えている。

そしてこの「古賀長官は事故死したのではなく、捕虜になって生きていた」という噂が一番強かったのは、実はマニラであった。マニラには、実際に古賀長官をゲリラの手から救出してきたという生き証人が何人かいたのである。その一人が、マニラ海軍武官府の奥野敏夫氏で、私とは親しい間柄だった。

つまり、この人たちにとっては、生きて救出されたはずの古賀長官が、いつか「殉職」してしまっていたのだから、おさまらないのも道理である。

マニラにいた毎日の村松喬（たかし）記者は奇跡的に生還し、戦後、『教育の森』などの著書をはじめ、評論家として優れた仕事を残しているが、彼のフィリピン敗走記の中にも、

「古賀連合艦隊司令長官以下搭乗の飛行艇がセブ島に不時着し、司令長官、参謀長以下がゲリラに捕獲されたことは有名である」（『落日のマニラ』鱒書房）

と紹介している。この本は昭和三十一年に書かれたもので、今日では多くの資料で古賀長官に関する部分は不明とされているが、ともかくその頃までは、この話は「有名」の部類に属していたわけである。

マニラの海軍武官府で、私もこの事件の一端に接した。

私の宿舎は毎日マニラ支局の寮に近く、毎日からマニラ新聞に出向していた中村康二（こうじ）記者と武官府の食堂で朝食をともにする機会が多かった。

それは四月十二日過ぎだったと思う。その朝、彼はひどく急ぎ足で入ってきて、

「海軍のゼネラルがセブでゲリラの捕虜になっていたというのはほんとうですか？」

と聞いてきた。

そのとき私は、先日、同じ武官府の奥野敏夫氏が珍しく考え込みながら姿を消したのをふと思い浮かべた。この人はいわゆる「十三課氏」、海軍諜報マンである。だから彼の緊張ぶりがこれに関係あることはピンときた。

海軍軍令部には作戦の「一課」からはじまって護衛担当の「十二課」までしかない。その幻の「十三課」という意味で、われわれは諜報マンをそう呼んでいた。

奥野氏の場合、海軍が長いことかけて育てたスパイだったから、その印象も独特のものがあった。もとは神戸の真珠商の息子で、端正な風姿、抜群のセンス、たしかに陸軍の特務機関のゴツゴツしたおっさんスパイとはだいぶ格が違うのである。開戦直前までは軍令部の第八課に頼まれ、「シンガポールやマレー半島に真珠養殖の適地を探すのだ」と偽り、上陸予定地の海岸や港を調べ歩いたという。マニラに来たのは英語、スペイン語をはじめ八カ国語を駆使する語学力が買われたからであった。

彼は情報収集のために現地人を使っていた。マニラではちょっと名の知れた美人のダンサーとよろしくやっていたが、

「彼女は実は二重スパイで、敵のゲリラにも通じているのだ」

といっていた。それでも平気で付き合っていくところは「さすがはプロだなあ」と思わせる図太さがあった。

四月十一日の朝だったろうか、その「奥野十三課氏」は私の宿舎を訪れ、珍しく沈痛な面持ちで、

「ちょっと出かけますが、今度は帰れないかもしれません」

と低い声でいうと、桟橋の彼方に消えて行ったのである。

そんなことを思い出しながら私が、

「海軍のゼネラルというのはおかしいではないか」

と中村記者にいうと、英語の達人の彼は首をひねって、

「海軍将官はアドミラルであることをゲリラも知っているはずだ。なのにゼネラルというのは、何となく長官を意味していると思う」

と答えた。だから私たちはこのとき、間違いなく古賀長官が捕虜になり海軍はあわてていると信じ込んだのだ。

ところが数日して、この海軍ゼネラル氏が実は福留参謀長であって、その部下たちとともに

生還したことが、ひそかに伝わってきた。一行はセブゲリラの捕虜となり、約半月もの間拘束されていたが、ゲリラ隊長のクーシンという米軍人が日本軍と交渉し、福留氏らを釈放したのだという。

それからさらに十日ほどして、奥野氏もどこからか何事もなかったかのように姿を現わした。こうして事件は一応落着したかに、当時の私は受け取っていた。しかし先に述べた五月五日の大本営発表をきっかけにして事件の波紋はさらに大きくなったのである。

では、なぜ海軍中央は古賀長官の死を「殉職」扱いにしたのか。この事件は軍令部第一部（作戦）が扱っていたが、私が戦後聞いた海軍関係者の話を総合してみると、

「当時傾きかけた戦況の中で、山本長官に続いて『長官戦死』を発表することは、いたずらに敵に名を成さしめるものだと判断した」

というに尽きるようだ。しかし、

「万一捕虜となって生存していたら、と心配した」

という説もたしかにあった。福留参謀長の例があるからだが、当時多忙をきわめた軍令部第一部がそこまで気をまわしたと受け取るのは考えすぎであろうと、私は思っていた。

「古賀長官」救出の生き証人

「セブ島で古賀長官を救出した」と信じた当時の生き証人の一人に、芙蓉情報センター（＊現みずほ情報総研）常務取締役の上脇辰則(たつのり)氏がいる。

上脇氏は事件が発生すると、兄辰夫氏とともに三南遣の要請で現場のセブ島に飛んだ。たぶんそれは奥野敏夫氏と同じ飛行機のはずであるが、双方に面識はない。

上脇家はフィリピンで金鉱山の開発などを営み、戦前のマニラで金持ちといえば上脇家のことを指すほどであったという。辰則氏はいつも頭髪を六・四に分け、白の背広に蝶ネクタイをしめ、格調高い身なりの美青年で通っていた。父の辰也氏は鉱山技師として日本人では一番早く資格登録を許された「草分け」であった。

鉱山開発の仕事はまず測量からはじまる。航空測量を自由に行なえる資格を持つ上脇氏に目をつけた日本海軍は、すでに戦前から情報活動の面で上脇家と深い接触を開始していた。

一方、福留参謀長らを捕虜にしたとされる、先のジェームズ・M・クーシン中佐は、戦前はスタンダード・バキューム会社の平凡な技術者の一人として同業の上脇家のパーティーにもよく出入りしていたという。

日本軍のフィリピン占領後、父辰也氏は石原産業マニラ支店長となり、夫人は在留日本婦人会の副会長を務めた。そして「マニラ二世」の辰夫、辰則兄弟は日本海軍の手伝いをしていた。辰夫氏は主に三南遣司令部に、辰則氏は九五四空の水上機隊で敵信傍受にあたっていたのだ。

四月十日頃だった。兄の辰夫氏が、

「一緒にセブに行こう、誰かの軍服を至急借りられないか」

と、九五四空の辰則氏のところへ飛び込んできた。緊急・極秘の任務だという。そこで、主計長の野村忠大尉（＊野村吉三郎大将の長男）が出張中で、その制服が空いていたので「借用」し、十人前後の情報関係者とセブに飛んだ。この指揮をとっていたのは三南遣司令部の山本繁一参謀であった。

セブ現地では、辰則氏は本隊とは離れて、米軍製の無線機（トランシーバー）をかついで、トラックが乗り入れ可能な最終地点、いわゆる「B点」（辰則氏による呼称）で待機し、敵信の傍受を受け持った。兄の辰夫氏は山中に深く入り込んで、「捕虜一行」の釈放に立ち会ったという。

ともかく、その日の午後、「捕虜一行」は辰則氏の待機している「B点」まで、陸軍の兵隊に守られてバラバラに到着した。

このとき辰則氏は、

「はっきりと先頭の『古賀長官』を確認した」

という。

長官のこのときの様子はどうだったかというと、他の全員はほとんど裸同然だったが、「古賀長官」だけは担架に乗り、シャツを着て、足には包帯を巻いていたという。

この辰則氏の見た「捕虜一行」の姿は、のちに詳述する福留参謀長一行の救出状況にそっくりなのであるが、にもかかわらず、辰則氏が「古賀長官」の生存を今なお主張するのは、次のような裏書があるからである。


昭和三十六年、辰則氏がワシントンに滞在した際、セブ島ゲリラ隊長だったクーシンと会い、彼から「古賀長官を捕虜にした」という直接の証言を得たというのだ。

このとき辰則氏は、終戦当時マニラ占領を担当した米第一軍団参謀長のロビット大佐を捜し出し、敗戦時に没収された上脇家の米ドル紙幣の返還を交渉しようとしていた。その返還の何度目かの交渉中に、突然クーシンが登場してきたという。

彼はすでに大佐に昇進していた。そして「私の名前は（クーシンではなく正しくは）カッシ

ングと発音する」といい、

「あなたやご両親を戦前からよく存じあげている。お宅にもうかがったことがあります」

と挨拶した。年少だった辰則氏の方はクーシンを写真でしか知らなかった。

しかし、クーシンが同じ鉱山技師として日本人と交遊があったという事実は、福留参謀長の証言を分析するうえで重要である。彼は辰則氏に「自分は白人の父とスペイン系の母の混血で若い頃はボクサーだった」などと語ったという。

上脇氏は、クーシンが大佐に昇進したことをすでに戦時中に知っていた。航空隊で傍受していた米側宣伝放送は、昭和十九年の秋頃から「コロネル・クーシン」と呼んでいたからだ。米軍の階級呼称は、日本のように陸海軍を入れ替えるだけでは済まない。たとえばキャプテンといった場合、海軍では大佐を意味するが、陸軍だと大尉にすぎない。コロネルは陸軍大佐である。

この会見で辰則氏が、

「当時『乙事件』でセブ島に派遣された」

と話すとクーシン大佐は、

「それでは私が今まで日本人に語ったことで誤解されている点があるらしいから、説明しよう」

といって次のように語った。

「昭和十九年四月一日、セブで捕らえられた日本海軍の将官は、ゲリラの手で司令部に連行された。彼は悪びれた様子もなく、『俺は海軍のボスだ』と親指を立てた。そして『君たちのコマンダーに会わせろ』と要求した。さらに彼は『殺すならすぐ殺せ』といい、プリーズといった表現はいっさい使わなかった。そして彼は自分が『コガ』であるとはっきり認めた。墜落した機体から拾いあげられたものに黒い書類鞄と、一本のウイスキーがあった」

さらにクーシンは、

「その飛行機は山中に不時着した」

といったという。

辰則氏はクーシンからこの話を聞いて、一番機は山中に墜落したのだと思い、あのとき自分が「B地点」で見た人物は福留参謀長ではなく、やはり「古賀長官」だという確信を一層深めたわけである。

軍機書類亡失事件

だが、ここで問題になるのは、海に墜ちた福留参謀長の二番機のほかに、クーシンのこの証言のように、当時セブ島に飛行機が墜落した事実があったかどうかだ。

それらしき手がかりとしては、例の米戦略爆撃調査団の証言で福留氏自身が、

「東京では私も生きていないと信じられていました。付近の山腹に墜落した日本機については報告が入っていましたが、四月十二日までは東京ではいっさい真相はわからなかったのです」

と語っている傍点の部分である。これが古賀長官の一番機であるとされるなら、セブに古賀長官が生存していた可能性は高くなる。

一番機の行方については在フィリピンの飛行機や艦船が動員され、ダバオ基地も捜索機を飛ばし、海空から捜索を行なった。だが松浦五郎参謀によると、六一航戦（在テニアン）の吉岡忠一少佐が中心になって捜したが何も出てこなかったという。

福留参謀長もまた後年、

「大捜索にもかかわらず全然痕跡を発見することを得ず、多くの専門家たちの研究の結論として、若くて元気な一番機の飛行艇長（難波大尉）が低気圧を突破しようとして海上に叩き落とされ、人も機ももろともに風浪に飲み去られたという推定に達した」

と述べている。まるで前記の調査団証言の「山腹に墜落した日本機」については忘れ去ったかのようである。

この点では上脇氏もまた判断に苦しんだ。そこで昭和四十三年、セブを訪れ、地元の年配者や当時のゲリラ隊員たちに会い、記憶を探ってみた。彼らの一人は、

「ゲリラが海軍の『ゼネラル』を捕らえたが、その後日本軍にうまくだまされて奪還されてしまった」

と話してくれた。これはのちに紹介するが、陸軍大西部隊による救出劇を指すものであった。

墜落機については、戦後、三菱が出資して開発中のトレド鉱山の東側スロープに、その頃日本機が墜ちたことを覚えている村人がいた。しかし、それが三月三十一日の深夜であったのか、何人が救出されたかまでは、ついにわからなかった。

上脇ファミリーは、フィリピン戦がはじまると応召し米軍と戦い、父はルソン島のボンファルで、兄はレイテ島で、弟もバギオで戦死した。つまり辰則氏を除いて一家は全滅してしまったわけである。辰則氏は捕虜一行の救出に協力し、その生還を喜びながらも、なお心の底に納得できないものを抱いて生きてきたのだ。

さて、古賀、福留両氏のこのやっかいな「交錯」に、大胆な新説を提供したのが、アメリカで昭和四十六年のピュリッツァー賞を獲得したジョン・トーランドの著書『大日本帝国の興亡』

（早川書房）である。

トーランドは日本人の奥さんを持ち、太平洋戦争にも従軍したルポライターであるが、アメリカ人らしく結論は割り切れている。このニューヨークから来た「トップ屋」によれば、「その人物は実は福留繁その人であって、彼が自ら『古賀』と名乗ったのだ」というのである。

「福留は大艇の墜落の際、片足を怪我し、担架で運ばなければならなかった。セブ市の西方十六キロにあるトパスの山中のクーシンの隠れ家に着くまでに一週間以上かかった。そしてそのときまでに絶え間なく尋問を受け、福留は自分が『古賀』提督であり、ある程度英語を話すことができるといった」（『大日本帝国の興亡』）

しかし、なぜ嘘の身分を福留氏が名乗ったのかについては触れていない。ただクーシンをはじめ現地のゲリラがそう証言したことを、物語風に伝えているだけだ。

なるほどそう考えれば、本来、福留参謀長を捕らえたとされるクーシンがなぜ上脇氏に「私が捕らえたのは古賀だ」といったかも、「山中に不時着した」という部分を除けば見事に割り切れる。だが、この新説を受け入れるにはあまりに大胆で飛躍がありすぎる。

さらに、これには副産物があった。

トーランドはこの本の中で、日本の海軍関係者が最も受け入れ難い事実を発表している。それが、福留参謀長の軍機書類亡失事件である。

「クーシンは自分の小さな無線機を使って、一人の高級将校を含む十人の日本人を、重要書類の、しかもその中の一部は暗号書らしいもののいっぱい入った鞄と一緒に捕獲したとマッカーサーに打電した。この電文はミンダナオのファーティグ大佐が傍受し、オーストラリアに中継した。そこではこの電報が『大変な興奮』をひき起こした。そして海軍は、潜水艦を派遣し、その捕虜と書類を引き取らせようと申し出た。(中略) 福留の鞄は、潜水艦でマッカーサーの手もとに届けられた。その中身は、戦争中捕獲した最も重要な書類の一つであった」(前掲書)

トーランドによれば、福留参謀長が捕虜になった際、海軍の最高機密であるZ作戦命令書、暗号書、信号書などが米軍の手に渡ったというのである。

サイパン決戦の直前に、参謀長が持っていた「Z作戦」の原本が敵の司令部に渡っていたのでは戦争のしようがない。

浮かぶ基地群

そもそも対米戦計画の生い立ちは明治時代にさかのぼる。日米海軍が互いを仮想敵と見たのは明治四十二年、ハワイに軍港が開設された年であった。

東郷平八郎元帥のあとを継いで連合艦隊の指揮をとった伊集院五郎は、このとき、有名な「月月火水木金金」の猛訓練を号令した。国力に乏しい日本海軍の勝ち目を、熟達した戦技に求めたのである。

セオドア・ルーズベルトは大海軍拡張計画をぶっつけ、日本もまた六・六艦隊から八・八艦隊計画へと、血のにじむ建艦競争を続けていった。

米海軍作戦の主眼は、太平洋を渡洋して日本近海の制海権を押さえることにあった。

日本海軍は反対に、敵の長途の疲れをついて近海の邀撃決戦で勝利する戦略に立った。だから日本の艦隊は航続力、防御力、居住性を犠牲にしても、近海における決戦に最大の攻撃力を発揮できるよう設計されていた。したがってアメリカに対する長途の渡洋攻撃計画はその伝統にはなく、その能力もなかった。米海軍はそのことをよく知っていた。

その「日本海軍の渡洋攻撃はあり得ない」という米海軍当局の読みを逆手にとったのが山本五十六大将である。つまり、逆算するなら真珠湾攻撃は完全な奇襲として成り立つ。

軍令部や、当の南雲忠一長官まで反対した、最初の「Z作戦」（真珠湾攻撃）を強行させた山本長官の確算はここにあった。見事なサイの目の読み切りである。

しかし、真珠湾攻撃はどこまでも奇襲であった。先に述べたが、むしろ二番目の「Z作戦」にこそ、帝国海軍は明治この方半世紀におよぶ多年研鑽の邀撃戦略として、自信を持っていた。それが破られたのは「タスク・フォース」（機動部隊）の新登場による。この新しい編制の艦隊は「浮かぶ海軍基地」というべきもので、彼らはもはや作戦ごとに基地に帰る必要がなかった。昭和十九年二月一日にクェゼリン攻略、十七日トラック攻撃、二十三日サイパン攻撃と引き続く猛攻はわが海軍を一種の恐慌に陥れた。

このタスク・フォースは、エセックス級空母を中心に新編制されていた。アメリカ海軍は昭和十八年春以来、太平洋の作戦艦隊呼称を奇数、大西洋を偶数に区分した。中部太平洋は第五艦隊、南太平洋を第三艦隊が担任した。別にマッカーサーの南西方面司令部の指揮下に第七艦隊があったが、これはニミッツ提督の太平洋艦隊には入らなかった。第五艦隊はスプルーアンス、第三艦隊はハルゼーが指揮し、それぞれ、第五八機動部隊と第三八機動部隊を持つことが情報偵知されていた。

不思議なことが一つあった。この二つの機動部隊がどんなに異なる地点にあるときでも、その指揮官はミッチャー提督一人が兼任していたことである。

この謎は間もなく解けた。それは、第五八と第三八の機動部隊が実は同一の艦隊だということを意味していた。つまり、「第三艦隊・第三八機動部隊」と呼ぶときはハルゼーとその幕僚が司令部に入り、「第五艦隊・第五八機動部隊」と呼ぶときはスプルーアンスと彼の幕僚が指揮していたのである。このため日本側は二つの艦隊があると信じていた。

日本の司令官や幕僚は戦死以外に休むチャンスはないというのに、彼らはこうしてトップグループを交替して充分に休養させていたのだ。

日本海軍も間もなくこのトリックに気づき、それらをまとめて「第八機動部隊」と呼称して新聞発表した。

この米艦隊はいくつかの任務群に分けられ、各群は正規空母二、軽空母二、高速戦艦一～二、巡洋艦三～四、駆逐艦十二～十五の輪型陣で行動した。

そして彼らの対空砲弾のＶＴ信管は高性能で、日本の攻撃機の大部分はこれで撃墜された。砲弾が敵機の至近距離を通過した瞬間に信管作動するため、効果は大きかった。

日本はこの信管の性能を戦後まで知らず、敵艦隊の上空に到達した攻撃隊がなぜ戦果をあげ得ず、未帰還となるのかと、いぶかるばかりであった。

さらに重要なことは、この「浮かぶ基地群」は、多数の上陸用兵員と補給艦船をしたがえていたことである。そのままでも、プロジェクトの第一ページから最終ページ、すなわち偵察行動から敵地占領までをやり遂げる能力が与えられていた。戦後、事業本部制を採用した企業がさかんにこのタスク・フォースを研究したのは、この点が評価されてのことである。タスク・フォースは、兵員のためにアイスクリームの製造から、映画の鑑賞まで面倒を見た。その威容は、太平洋を渡って日本を攻撃するべく知謀を集めた米海軍四十年の夢の具現であり、同時に日本海軍が多年保持してきた迎撃戦略の優位を根底から覆すものであった。

日本海軍も第八機動部隊の編制を真似て、やっと昭和十九年春、第一機動艦隊をシンガポールで編制し、これが同年六月、サイパン争奪をめぐるマリアナ沖海戦（あ号作戦）に出撃した。

しかし、敵のタスク・フォースはすべて新造の規格品で三十～三十三ノットの高速で移動できるのに対し、日本艦隊はそうはいかない。『大和』『武蔵』が二十七ノット、『長門』『陸奥』が二十四ノット、『霧島』『金剛』クラスではじめて三十ノットを出し得たにとどまる。

つまるところ、連合艦隊はどんなに急いでも永久に追いつけず、また、どんなに逃げても必ず追いつかれてしまう相手と、太平洋で見参していたのだ。

これはGFもわかっていた。それにもかかわらず、日本海軍はハードウェア重視の発想から抜け出せなかった。ハードウェアなどいくらあってもソフトウェアがなくては活きないのに、貧乏人らしく「物」をありがたがった。『大和』『武蔵』がその象徴である。

アメリカのキング提督はミッドウェー海戦の頃すでに、

「飛行機のない空母は、すでに資産ではなく、負債である」

という観念を持っていた。空母からすれば飛行機はソフトウェアである。飛行機にとってパイロットはソフトウェアである。日本は人命を軽いものと考えて、この貴重なソフトウェアをすり減らしてしまった。「機あれど人なく、艦あれど機なし」で、すべて負債勘定に転記されてしまったハードウェアが、末期の連合艦隊の姿であった。

Z作戦計画書の行方

昭和四十六年にトーランドの『大日本帝国の興亡』が日本で公刊されるとわかってから、旧海軍の関係者は、

「困った、困った」

を連発していた。

何しろ戦後も、そっと秘めてきた事件である。戦後のさかんな戦記ブームの中でも、これに触れた記事がなかったのは、旧海軍の名誉を守ろうというひそかな努力があったからである。

しかしこの軍機書類亡失事件は、アメリカではずっと以前から米軍関係の資料の中で公にされていた。その一つはカーリッグ海軍大佐の「戦闘報告」であり、いま一つはアリソン・インドウ陸軍大佐の「第二次大戦太平洋戦域における連合軍情報活動」である。

日本の旧海軍関係者はこれらの資料が人目につかないよう配慮するとともに、もちろん当事者にもクギを刺したりしていた。それは海軍を知っているはずの私でさえあきれるほどの口の堅さだった。

「まあ、あまりいい話ではないからね」

と、旧海軍関係者の一人、K元中佐（公職にあるため名を秘す）は苦笑しながら、

「君は三南遣の山本繁一参謀を知っているだろう。福留さんをセブで救出したのは彼なのだ」

と語った。

山本繁一参謀とはマニラでの知己であるだけでなく、戦後、前出の奥野敏夫氏が商売をはじめたとき、山本繁一参謀も武士の商法でそれを手伝っていたので、そこでも何度か会っている。だから、彼が現地で救出の指揮をとったことはすでに知っていた。K氏は続けた。

「その山本繁一参謀がセブの水交社（＊海軍の保養施設）で、釈放されてきた福留さんから状況を聞いたとき、福留さんは『書類鞄は土民が拾いあげたが、彼らはそれにまったく関心を示

さなかったから大丈夫だ』と語っているのだ」

これは初耳だった。福留氏はこれまで繰り返し、

「鞄は遭難機とともに海中に沈んだ」

と主張している。それは氏の『海軍の反省』から近著『海軍生活四十年』（時事通信社）まで変わるところはない。しかるに救出直後の証言で「鞄がフィリピンの土民の手に渡った」ことを認めているとすれば、証言の内容がいつの間にか変質したことになる。なぜ証言を変えなければならなかったのか。事件の経過を辿りながら、推論してみたい。

魔の夜間飛行

まず、福留参謀長が乗り込んだ二番機の遭難当時の模様から振り返ってみよう。

司令部のパラオ発進は、記録によれば、

「一番機二十一時三十分、二番機は少し遅れて発進した」

とある。別の資料では、

「二十一時五十五分出発予定」

となっており、また中島参謀も時計の針はちょうど十時を指していたといっているから、いずれも大した誤差はない。彼によると、突堤で「お気をつけて」と長官、参謀長を送り出すと、一言も口をきかない参謀長の次に「なるべく早く来てくれよ」といわれた長官のしんみりした口調は、いかにも情がこもっていたという。

一番機には古賀長官以下が、二番機には岡村機長以下十人の搭乗員たちと福留参謀長以下十一人の司令部要員が同乗した。

パラオ、ダバオ間は約九百五十キロある。二式大艇は日本海軍の傑作機で最大速力四百五十キロを出すことができた。ひと頃の戦闘機にも劣らない速さだ。それにこの日、司令部には天候も安定しているという情報も入っていたので、一行はとくに心配することもなく二式大艇に乗り込んだ。

二番機が無事離水すると間もなく、福留参謀長は寝入ってしまった。連日の戦闘の疲れがいっぺんに出た感じであった。

だが、参謀長が寝入っている間に、機は予期しなかった熱帯低気圧にぶつかり、機体は上下左右に動揺しはじめた。危険を感じた岡村機長はダバオまであと三分の一の地点で、機首を北方に向けた。低気圧の外縁を辿り、暴風雨を避けようとしたのだろう。このため機は目的地から大きくはずれてしまった（＊目的地ダバオを名古屋とすると東京の位置まで流されていた）。

午前二時過ぎ、山本祐二作戦参謀は、

「参謀長！」

と福留参謀長の肩を叩いて起こした。低気圧のせいで動揺は激しくなるばかりだった。

そこで小牧航空参謀が岡村機長に対し、「とにかく全速で低気圧を乗り切れ」と命じた。ところが全力で高度五千三百メートルまで上昇したとき、小牧参謀は失神してしまった。酸素不足にやられたのだ。この全速のせいで燃料を大きく消費してしまった。

「困った奴だ」と思いながら福留参謀長は操縦席に行き、岡村機長に、

「マニラまで行けないか」

といった。このまま北上を続けマニラ湾に着水できないかと思ったのだろう。しかし、

「燃料はあと三十分しかもちません。スリガオ海峡から直進したので、間もなくセブ市のはずです」

との答えだった。

だが、操縦席から下界を見ると、どうもセブ島と違うように思えた。福留参謀長は「別の島ではないか」と伝えたのだが、岡村機長は横須賀海兵団出身のベテラン、

「海図通りなので間違いありません」

と主張した。

そこで福留参謀長は山形通信長に、

「不時着の無電を忘れるな」

と指示し、

「われセブ市付近に不時着」

と発信したが、この無電はどこにも到着しなかった。中島参謀の危惧は当たったのである。

このとき、月明がなくなり、完全な盲目飛行に移った。

これが事故の直接原因となった。岡村機長は熟練の機長であったが、この日はサイパンからパラオへ飛び、燃料の補給もそこそこにふたたびダバオへ飛んだのである。しかも低気圧との格闘で疲れ果てていた。

岡村機長はただちに着水を決断し、機を旋回させた。そのまま直進して、セブ島を南北に縦断する険しい山脈へ衝突することを恐れたのであろう。操縦席の窓にナガ町の小野田セメント工場の灯が見え隠れしていた。

「間もなく着水します」

と機内の者に大声で伝え、高度を下げはじめた。ところが、セメント工場の灯に近づいたように思えたそのとき、機は失速してそのまま落下し、あっという間に海面に突っ込んでしまった。午前二時五十四分といわれる。あとでわかったことだが、岡村機長は暗夜と疲労のため、錯覚を起こし、海面スレスレに飛行していたにもかかわらず、高度はまだ五十メートルもあると判断してスロットルをしぼってしまったのだ。そのため機体は激しく海面に叩きつけられ、三つに折れると炎上しはじめた。

参謀長、機長、山本祐二参謀、山形安吉通信長ら機の前部にいた者は海面に浮かびあがって助かったが、後方の人員は全員死亡した。

福留参謀長は座席のクッションにつかまって泳いだ。

この瞬間の生存者数は十三人、と福留氏は述べている。

捕らわれた福留参謀長

ところがそのとき、セブ島の山中から、この不時着水の瞬間を見ていた男たちがいた。アリソン・インドウ大佐の記録（「第二次大戦太平洋戦域における連合軍情報活動」）によると、

「嵐は遠のきつつあった。月が出ていたがすぐ沈んでしまった。海上で何かが起こったのはちょうどそのときだった。

最初、にわかにパッと明るくなった。その光は、嵐の稲妻ではなかった。それは稲妻の青白い光ではなく、黄と赤の混じった光であった。警備兵（＊ゲリラ）らは全員、緊張して目を凝らして見つめていた。

光はふくれあがり揺れ動いた。それはますます明るくなり、間もなく、漁船の小さな黒い影がその色に向かって進んで行くのをはっきり見てとることができた。

それらは警備兵らの推測通り、一機の飛行機が海中に落ちて燃えているのであった」

機の墜落位置については、「セブ市南方約六マイルの四キロ沖合で、その後、一行は潮に流され、朝方にはさらに南方十二カイリのナガ町の沖合二カイリ付近であった」と福留氏は述べているが、戦後、防衛庁戦史室に提出された陸軍大西部隊長の略図には、「遭難地点はナガ沖合二カイリ」とのみ記されている。

福留参謀長らは漂流しながら朝を迎えた。岡村機長は肥満した福留中将の身を案じて、参謀長を引っ張って泳いでいた。すでに墜落から八時間近くが経ち、もはや体力的にも限界が近づきつつあった。

「夜が明けると、海岸に浅野セメントと書かれた大煙突が見えた。困ったことに潮が速く岸から離れそうなので、元気な下士官二人が連絡のため岸に向かって泳ぎ出した。明らかにここは日本軍の制圧地域と判断された」

福留氏のいう「浅野セメント」は、実は「小野田セメント」の誤りである。

この二人の下士官のうち谷川兵長が小野田セメントに無事泳ぎ着いたが、工場に駐屯していた陸軍部隊には一言も連絡していない。そして工場から舟を出させて、漂流の一行を捜索したが、ついに発見できず、そのまま舟をセブ市の海軍警備隊に向けた。報告が夕方になったのはこのためである。

一方、海上にあった参謀長一行にはバンカー（丸木舟）が近づいてきた。前出のゲリラが見た小さな漁船がそれだったのかもしれない。

これについて福留参謀長は米戦略爆撃調査団への証言の中で、

「敵か味方かわからないので、救助をためらっていましたが、最後にはすっかり疲れ切って体力の限界に達したので思い切って救助されることに決めました」

と述べている。

一方で昭和二十七年の『サンデー毎日』に寄せた手記では、

「陸岸から五百メートルくらいを漂流しながら肩章などをはずした」

とある。そして「土民の子どもが丸木舟で寄ってきた」として、あまり緊張感を持ったふうには書かれていない。岸から五百メートルなら、子どもが舟を漕いできてもおかしくはない。それに、一行の目の前には日本のセメント工場の煙突が立ち、岸めがけて泳いで行った下士官と入れ違いに土民のバンカーが出現したのだから、これで救助されたと気がゆるむのも当然であろう。

インドウ大佐の記録には、

「福留は重要書類（Z作戦計画書）の入った鞄をしっかりつかんでいたが、水中で意識不明になっているうちに、鞄はビザヤ土民の手で福留から引き離されてしまった」

と書かれている。

丸木舟が岸に着いたあとも、彼らはすぐには立ちあがれないほど疲労していた。先行したはずの下士官の姿は見えず、いつの間にかピストルやボロウ（蛮刀）を持った大勢の土民に囲まれてしまった。

この地方では手首を斬り落としてじわじわと殺す習慣があると聞いていたので、山本祐二参

謀はもうこれまでと覚悟して、

「暴れてやりますかな」

といったが、福留参謀長は、

「ここで死んでは申し訳ない。一世一代の知恵をしぼって難を逃れる工夫をしようではないか」

となだめた。

このとき、ゲリラ隊員が村に到着した。三十五、六歳のガンナリー・オフィサー（砲術将校）と名乗る男が、状況について質問してきた。この男はルセリーノ・エレディアノというゲリラの大尉であった。

大尉は日本語で、

「あなたは上陸したとき、たしかピストルを持っていたそうですが、それをどうしましたか？」

と聞いたという。男は明らかにピストルを欲しがっている様子だった。

これに対して福留参謀長が、

「不時着の前に無電を打ってある。自分たちを殺せば、セブ全島は大討伐にさらされるぞ」

と脅かすと、相手はびっくりして二時間ほど姿を消し、やがてみんなを病院に連れて行くといって、裸足の参謀長には真新しい運動靴をくれたという。

疑惑の証言

さて、問題は機密書類の入った鞄の行方である。

ゲリラがその鞄に気づいたのは、一行をクーシン中佐の司令部に連行するため、福留参謀長を担架に乗せ、行進を開始しようとしたときであったらしい。インドウ大佐の記録によると、

「この奇妙な徒歩行列が密林の中を奥地まで進もうとしたとき、隊長らしい日本軍人のものである書類鞄が発見された。その鞄は一番近くにあるゲリラ部隊に引き渡されることになった」

と記されている。

つまり鞄は、最初に拾いあげられたときは、福留参謀長が山本繁一参謀に語ったように、たしかに土民の注意をひかず放置されていたに違いない。鞄は出発間際になってゲリラ隊員によって改めて調べられたのだが、福留参謀長はそれに気づかぬまま担架で運び去られたのだろう。だから福留参謀長は土民が鞄を放棄したと証言するより、いっそのこと「海中に沈んだ」と断言した方があらぬ疑惑を生じないで済むと考え、証言をそのようにひるがえしたのではあるまいか。

翌日、一行はセブ地区部隊のゲリラ第八七連隊の前哨所に着いたが、ここからクーシンの本

部に急行した伝令により、オーストラリアの米軍司令部あての報告がミンダナオの秘密無線局を中継して送られている。それによると、

「高官とおぼしき一人を含む十人の日本兵とともに、暗号書らしいものの入った書類鞄を入手した」

とあり、米軍司令部は一行を収容するために潜水艦を現地に派遣する処置をとった。

その後、一行は集落ごとにリレーされて、マンガホン山方面にあるクーシンの司令部まで約八日間の旅を続けた。

「そこはセブ市から十六キロの別荘地であった」

と福留氏は述べている。

一方、陸軍の大西部隊長が防衛庁戦史室のために書いた略図によると、そこまでは約五十キロの距離であったらしい。

福留氏は負傷による高熱を発して、病院に収容された。そこにはフィリピン人医師二人と看護婦五人がいたという。

マッカーサーの訓電

セブ島には当時、わが戦闘部隊としては陸軍の独立歩兵第一七三大隊、すなわち大西精一中佐の部隊が警備にあたっていた。先ほどからしばしば出てくる「大西部隊」はこれである。

この部隊は河野旅団（独立混成第三一旅団）に属し、隣りのネグロス島にいた尾家大隊と同じく九州の出身者が多く、現地では「精鋭」の評判をとっていた。

当時、セブには陸軍といえばほかに若干の船舶工兵がリロアンにいたくらいで、あとは海軍三一警のセブ派遣隊と飛行場要員が駐屯しているにすぎなかった。

大西中佐は長州萩の出身で、誠実な人柄と戦争上手で知られ、部下の信頼を集めていた。

折から部隊は定期的なゲリラ討伐作戦に取りかかっていた。陸軍部隊は、この段階ではまだ海軍から「乙事件」に関しては一言の連絡も受けていない。したがってトーランドがこの時点で、「大西部隊長が『捕虜を速やかに自分の手に渡さねば村々を焼き払い、住民を銃殺する』と脅迫した」としているのは誤りである。

さて、クーシン中佐に尋問されるとわかった福留参謀長と山本祐二参謀は、「自決か、脱走か、いずれかを選ぶときが来た」とひそかに覚悟したが、やがて病室を訪れたクーシンは優しい調

子で、

「ゼネラルの熱はひどいが、もう大丈夫です」

とコーヒーを勧めてくれた。さらに部下たちにも特別に一軒の家が提供され、食事も充分に与えられた。

クーシン中佐はさらに、

「自分は鉱山技師として何度も日本に行ったことがあり、日本の友人もたくさんいる。何も心配せずに回復するまでここにいるがよい」

と慰めてくれた、と福留参謀長は手記に書いている。クーシンが前出の上脇氏ら日本人と交際していたことは嘘ではない。

やがて彼の奥さんと十歳ばかりの男の子も見舞いに来て、

「これを全部食べられるようなら病気はよくなります」

とウエハースを差し入れてくれた。また夕方になると、クーシンは三人のアメリカ兵と一人のフィリピン人兵士を連れて福留参謀長の部屋に来て、酒を酌み交わした。

福留参謀長は「クーシンは酒豪だった」と書いているから、この夜は福留参謀長も大いに飲んだのであろう。ともあれ、このときクーシンは信じられないほど「親日的」に振る舞っている。

しかし、インドウ大佐の記録によれば、マッカーサーはクーシンに、「捕虜一行を機密書類とともに潜水艦でオーストラリアに運ぶように」訓電を出している。この事件を自己宣伝に利用しようとしたのだろう。

とすれば、クーシンは、捕虜が「自決」や「脱走」することを防ぐために「親日家」を演技したと見るべきだろう。もっとも、クーシンがマッカーサーに発した電報では、はじめは福留氏が海軍の参謀長とは知らなかったらしく、

「一人はゼネラルでマッカサル方面の指揮官らしい」

と報告している。

次に、大西部隊による一行の救出の状況であるが、これにはいくつかの幸運が重ね合わされていた。

まずクーシン中佐の人柄が優れていた。大西部隊の元陸軍軍曹万田邦太郎氏によると、クーシン隊長に対するセブ民衆の人気は絶対的であった。

いくら日本側が顔写真を配り、懸賞金までかけても、クーシンは平気で山から下り、セブ市中のバーで一杯ひっかけていた。密告者が出ないのである。家族がいることまでわかっていながら捕まらない。ちなみに私が見た、奥さんと一緒に写っている写真の中のクーシンは好男子

だった。

これに対する大西部隊長の人柄も、この捕虜奪還劇に大きく関係している。とにかく大砲などの火力もないのに「精鋭」と呼ばれていたくらいだから、大西部隊長は統率力に優れた軍人であった。

戦闘はこのような指揮官同士の間で行なわれたわけであるが、クーシンはいかに民衆の人気者であってもしょせんは鉱山技師出身の予備役将校であり、一方の大西部隊長は陸軍士官学校出身の歴戦の軍人だから、同じ中佐でも作戦能力は月とスッポンであった。

大西部隊長はのちに、この福留参謀長救出に関して詳細に証言している。それによると、このときの作戦は上級の旅団司令部から配布された「情報」に基づいて大西部隊長が自ら計画実施したゲリラ掃討作戦で、海軍機の不時着水のことはまったく知らずに行動を起こしたという。

この旅団情報は、①セブ島南部地区にゲリラの八七連隊、中央部に八五、八六連隊、北部地区に八八連隊が新設され、米潜水艦により兵器その他の物資が南部地区に揚陸されつつある、②ゲリラによる親日フィリピン人に対する自動車襲撃事故が頻発している、というものだった。

「この際、痛撃を与うべし」というわけだが、大西部隊長の手もとには一個大隊の兵力しかない。広い地域に民衆に守られて存在する多数の敵を、少数兵力で追いまわしたところでつかまえられるはずがない。そこで、万田軍曹の説明によると、大西部隊長は敵を追う代わりに、集合させる戦法を考え出した。

ゲリラの泣きどころは一つだけである。それは自分の村や家族が攻撃された場合、とても冷静ではいられないという点であった。もともと民衆が軍隊化したものだから当然であろう。

大西部隊長はこの泣きどころをつくことにした。四月二日、福留参謀長らがつかまったナガ町を出発した大西部隊は、セブ島南部地区一帯を派手に行動し、わざと家を焼いて村落から人々を追い出した。非戦闘員の婦女子はびっくりして山の中のゲリラ陣地に逃げ込んだ。

女や子どもをいじめられては黙っていられない。はたして中央部にいた二個連隊のゲリラ主力は続々南下を開始した。

こうなれば作戦は楽だ。

四月八日、セブ市から大西部隊の第三中隊、北方から第二中隊、西方から第四中隊が一気に集結して、南下した五千人とも二万人ともいわれる敵主力とクーシン司令部を完全に包囲してしまった。そのセブ市からの第三中隊を大西部隊長が直率(じきそつ)し、その指揮班に万田軍曹がいたのである。

それは四月九日夜のことであった。米兵との酒宴が終わって寝ついた福留参謀長の部屋に、クーシンが今度は肌シャツ一枚で血相を変えて飛び込んできた。

「日本軍の攻撃で非戦闘員である婦女子が多数逃げ込んできている。これを犠牲にすることはできない。あなたたちを釈放する代わりに包囲を解くよう交渉したいから協力してくれ」

クーシンは、この包囲が捕虜奪還のためだと受け取っていた。

同様に福留参謀長も、無線がどこかに届いて救援の手が伸びたのだと信じた。それほどにこの討伐行は、偶然だったとはいえ、タイミングが合いすぎていたのだ。

さっそく全員が集められ、山本祐二参謀が手紙を書き、岡村機長が部下を連れ、クーシンから借りた日章旗を掲げて使者に立つことになった。

「花園少将」の使者

ここでまたトーランドの著書の訂正をしておかねばならない。彼によると、

「クーシンは『古賀』に、『大西中佐あてに手紙を書き、古賀自身と他の者を返す条件として、今後の報復行為は控えてほしいと頼んでもらいたい』と要求した。福留は『古賀』の名前を使って署名した」

となっている。そのうえ、

「このため大西部隊長は今日でも古賀長官を救出したと信じている」

とわざわざ注釈までつけているが、どうもこれは創作であって、ピュリッツァー賞にふさわしくない。

大西部隊長によれば、この状況は、

「クーシン中佐の手紙は河野少将（混成旅団長）と司政官（日本人の行政担当官）あてのもので、山本祐二参謀の訳文が書き添えてありました。

その内容は、①私は日本海軍の花園少将以下十人の将兵を保護している、②日本軍はセブ島南部でシビリアンに対し残虐行為をやっている。厳重に取り締まられたい、というもので、私はこの手紙を見て、すぐその全文を河野旅団長に打電しました。この手紙の中には、トーランドのいうがごとき福留氏が自ら『古賀』と名乗ったとか、古賀長官のサインをしたといったものは何一つのっていません」

ときわめて明快である。大西氏や福留さんの名誉のためにもトーランドの誤りは明らかにしておきたい。ちなみに「花園少将」とあるのは福留参謀長のことで、偽名である。

防衛庁戦史室資料では、

「四月十日一一〇〇、セブ島ゲリラ討伐中の大西部隊長は敵匪首(ひしゅ)クーシン米軍中佐から花園少将（福留中将）以下十名の将兵を引き渡すから討伐を中止されたい旨の手紙を受け取った。手紙の持参者は岡村海軍中尉（二番機機長）であった」

となっている。

だいたいその通りだが、もう少し詳しくそのときの状況を説明すると次のようになる。

包囲を完成させた大西部隊はゲリラを追いつめ、まず敵陣に、てき弾筒（＊手榴弾発射装置）を撃ち込んだ。しかし距離が遠くて届かない。てき弾筒は射程六百メートルくらいが最大有効射程である。この大西部隊は、精鋭といわれながら、歩兵砲も迫撃砲も持たない「内装備」の警備部隊だった。

これを見ていた大西部隊長は、

「よし、では突撃で行こう」

といった。つまり総攻撃に移るというのだ。

万田軍曹によると、もう時刻は昼近かった。まず飯を食わねばもたない、というので攻撃は昼食後と決まった。時間的には戦史資料と少し食い違うようだが、早めに飯を食べることは戦場ではよくあることである。

ところが、いよいよ攻撃再開というとき、銃声が響き、誰かが、

「旗が見えます！」

と叫んだ。

目を凝らすと、日の丸を持った二人の男が、

「おーい、射つなー」

と叫びながら近づいてくる。それが使者の岡村中尉とその部下で、二人は万田軍曹の属する第二中隊の陣之内起也少尉の小隊のちょうど正面に現われた。

二人は裸足でボロの衣類をまとっており、決して優遇されているとは見えなかったという。

このとき、大西部隊長が岡村機長から受け取り、部下に読ませたクーシンの手紙は、先に紹介した内容と同じであるが、万田軍曹の記憶では、さらに、

「非戦闘員を逃すため、一昼夜攻撃を中止するなら捕虜全員を引き渡す」

という一項があったという。

岡村中尉は手紙を補足して、

「花園少将と名乗っておりますが、実は連合艦隊参謀長であります」

と説明した。ここではじめて陸軍部隊は「乙事件」の発生を知ったわけである。

大西部隊長は「クーシンは民間人をいじめるのは怪しからんと怒っている」と岡村中尉にいわれて、その申し入れに心を動かされた様子だった。

そして岡村中尉の労をねぎらって、

「今後の交渉は自分の方でやるから、君たちは休養してはどうか」

と勧めた。岡村中尉はちょっと考えて、

「やはり最後まで自分らに勤めさせていただきます」

と答えた。

大西部隊長は旅団に無線で報告したうえ、クーシンに承諾の手紙を書いた。そのとき大西部隊長は一計を案じ、クーシンを威嚇するため、わざと、捕虜救出のため部隊が出動してきたと思い込ませる内容にした。

「私は、独立混成第三一旅団独立歩兵第一七三大隊長大西精一陸軍中佐である。旅団長、司政官宛貴翰を披見した。

わが大隊は、海軍将兵救出のため行動を起こし、貴部隊の包囲を完成した。が、もしも貴官が無条件で花園少将以下十名の引き渡しに応じるなら、即刻戦闘行動を中止して原駐地に帰還してもよい。

なお、貴官の手紙によると、セブ島南部で日本軍が住民を虐待しているると抗議しているが、そのような行為は私の最も忌むところであり、私の指揮下にある部隊において、かかるいまわしき行為を犯した者はない。しかるに、貴官の統率する部隊中には、日本国に好意を持つフィリピン人を虐待し、あるいはそれらフィリピン人の乗る自動車を襲撃するなど目に余る行為が頻発している。今後、このような不祥事の発生せぬよう厳命を下して取り締まられたい」

さらにクーシンが要求した現地民の扱いに触れ、「わが大隊は敵性行為が行なわれない限り村民を圧迫しないと貴官に約束する。貴官らも今後、非戦闘員を利用しないようにせよ」と付け加えた。

旅団命令に激怒した大西部隊長

岡村中尉らはその間に食事を済ませたというから、時刻はやはり正午前後だったのであろう。二人は返書を持ってゲリラの待つ方へ引き返した。

この間に部隊ではトラックを用意し、近くの峠まで乗り込ませた。それは、前に紹介した上脇氏の「B点」に相当する地点である。

捕虜の引き渡しは翌十一日十三時に行なわれた、と戦史室資料は述べ、万田軍曹の記憶では、約束よりもう一日遅れたようになっているが、ともかく、受け取りのため陣之内小隊は谷をへだてて捕虜を連れてきたゲリラの一隊と向かい合った。陣之内少尉はのちに無実の罪を着せられ絞首刑になったが、京大出身のクリスチャンであった。

申し合わせでは、この谷には両軍とも足を踏み入れないことになっていた。

両軍の見守る中を、担架を先頭にした一行は谷を渡りはじめたが、疲れ果てていてはかどらない。見かねた兵隊が危険を忘れて谷を駆け下り、担架を代わってかつぎあげた。担架には足に包帯を巻いた年配の士官が乗せられていた。この状況は、上脇氏が見た「古賀長官」救出の情景に合致している。

大西精一陸軍中佐

福留参謀長によると、このとき、陸軍の指揮官が、

「後藤中佐お迎えに参りました」

といったことになっているが、これもまったくの思い違いであった。中佐級は大西部隊長しかいなかったのだ。

一方、担架をかついだ陸軍の兵隊は頭ごなしに「花園少将」から、

「もっと静かにかつげ！」

と怒鳴られて、びっくりもし、憤慨もしたと万田軍曹は語っている。「何だ、捕虜のくせにいばりやがって」と内心腹を立てたそうであるが、このところを福留氏の方は、「陸軍の兵隊が鶏のスープを飲ませて、いたわってくれた」と感謝している。

ともかく一行の収容はこうして終了した。一行は待機していたトラックに乗って、セブ水交社へと送られていった。

彼らは四月十二日、陸軍の手から海軍のセブ派遣隊に引き渡され、十三日、セブ水交社で、三南遣司令部の山本繁一参謀に迎えられた。山本繁一参謀は現地に派遣していた情報員たちから、救出されたのは古賀長官との連絡を受けていた。ところが見れば、古賀長官ではなく、福留参謀長なのであった。

福留参謀長が、「機密文書は土民に奪われたが、彼らはほとんどそれには興味を示さなかった」と弁明したのはこのときであろう。山本繁一参謀は三南遣司令長官の岡新(あらた)中将に、

「匪賊からの尋問など全然なく匪賊は機密事項に対し考慮少なし」

と無線で報告した。

こうして「Z作戦計画書」は無事であったことになり、四月十五日、福留氏らはマニラに向

かった。

しかし、山本繁一参謀はその後、

「機密書類は付近漁村民の手に渡りある算大なり、小官は今少し残留し陸軍とともにす」と、さらに現地で調査を続けることを岡長官に伝えた。参謀長の証言に一抹の不安を覚えたからであろう。

福留繁、山本祐二、山形安吉（山本、山形の両氏はのち大和特攻で戦死）の三氏は四月十八日、東京に帰っている。残った岡村中尉らも間もなくサイパン基地に戻った。

ついでながら、福留参謀長は帰京後、帰宅を許されず、原宿の東郷神社に近い池田侯爵（＊旧鳥取藩主）の屋敷の一室に五月三十日までとどめられ、六月十五日になって第二航空艦隊司令長官に親補されている。つまり、おとがめはなかったのである。

一方、救出終了後の大西部隊に対しては、旅団司令部から「ただちに攻撃を再開せよ」という命令が出された。旅団の渡辺英海参謀からとされるこの命令は、素直に捕虜全員を解放したクーシンとの協定を一方的に破棄するものであった。

だが大西部隊長はこれを拒否して、クーシンとの約束通り包囲を解いてしまった。

万田軍曹によると、このときの大西部隊長は非常に立腹し、

「クーシンの方がよっぽど立派だ」

と旅団司令部を非難したという。それでも気が済まなくて軍刀を抜き、かたわらの立木を一閃斬り払ったというから、その怒りはただごとではない。

しかし、この大西部隊長の誠実が、のちに氏自身の生命を救うことになるのである。

見破られたスパイ

ここで話を海軍側にもどして、機密書類の問題に移ろう。戦史室資料によると、

「マニラの第三南遣艦隊司令部では、二番機に艦隊司令部用信号書および暗号書を積んでいたという理由で、これが敵に渡る可能性をも心配していた。不時着現場付近の土民について情報入手に努めたが、付近は敵ゲリラの勢力下にあり、土民の協力は得られなかった」

とある。

福留参謀長は、「ピストルはとられたが、軍機文書は無事だった」と述べている。

しかし、セブ水交社に一行を迎えた三南遣の山本繁一参謀は、この件を確認できなかった。

なぜ確認できなかったということになるかといえば、次に紹介するように、書類が敵に渡った

可能性があると思い、ただちにゲリラを包囲せん滅するよう陸軍に要請しているからだ。

ここに、奥野敏夫氏が登場するのである。

三南遣の山本繁一参謀が、マニラのベイビューホテルに泊まっていたこの「十三課氏」を訪問したのは、四月十日だった。

その日の深夜、部屋のドアをノックして、山本繁一参謀が入ってきたという。たまたま奥野氏の弟が同じ部屋にいたが、参謀は人払いを求めて、

「実は先ほど、海軍機がセブに不時着し、海軍高官が捕虜になっていると知らせが入った。将校が脱出してきて陸軍部隊に通報した。高官は古賀長官と思われる。現地陸軍がゲリラを包囲しているので、君は明日、すぐに飛行機で飛んでくれ」

と切り出した。

ここでも第一報は古賀長官なのであった。奥野氏は、「これは危険な任務だ」と思った。その高官に何かあったら生きては帰れないだろう。

「あなたが行ったらどうです」

というと参謀は、

「むろん俺も行く。けれど言葉が通じない。実は作戦書類が心配なんだ。言葉のわかる君の手

で、陸軍が包囲している間に、何とか機密書類の行方をつきとめてもらいたい。もし敵に渡っていると思われたら、捕虜をこちらに引き取ってからただちに攻撃に移り、敵を全滅させる手筈になっている。君はその書類の行方を調べ、ついでにゲリラの武装の程度も見てくれ。書類の件が判明するまでは、絶対に包囲は解かない。頼むよ」

この申し入れには、さすがの奥野氏もふるえた。

奥野氏は海軍兵学校時代に病気をしてこの道に入ったという説もあるが、そのへんは定かではない。ともかく海軍が年数をかけて養成した諜報要員であったことは間違いがない。

その奥野氏が語ったところによると、はじめての海軍との接触は、駐米大使だった斎藤博さんが昭和十四年に任地で亡くなり、遺骸を米政府が巡洋艦『アストリア』で日本に送ったときであったという。その頃毎日新聞に、米国の友情に感激した真珠商（奥野氏）が、『アストリア』の全乗組員に真珠をプレゼントしたという記事が出た。

その前にも、上海でイギリスの駐華大使ヒューゲッセン氏が日本機の銃撃で重傷を負った際、やはり、高価な真珠をプレゼントしている。これも毎日が書き立てた。

こうして親英米派のイメージがつくりあげられ、交流も広がった。

「もうよかろう」と昭和十五年暮れ、海軍は奥野氏をスパイとしてアメリカに送った。ところが船がサンフランシスコに到着すると同時に、奥野氏は同行した弟もろとも身柄拘禁のうえ、国外追放になってしまった。

つまりアメリカの「十三課」の方が、少しばかりわが方の上をいっていたのである。

彼が私に、セブに派遣された真相を打ち明けたのは、終戦直後のことだった。奥野氏は、この乙事件には隠された秘密があるといった。彼もこの事件を「フジ事件」と呼んでいたが、ともかく彼の話から、当時の三南遣司令部が機密書類の行方に極度に神経質になっていたことがよくわかる。

奪われたZ作戦計画書

山本繁一参謀がホテルをあとにすると、奥野氏はさっそく接触のあるゲリラを通じてセブ現地との連絡を確保した。彼がマニラで使っていたスパイは、その後某国の大使となったL氏の弟と、踊り子H嬢（戦後ロサンゼルス在住）であった。

手配を済ませた奥野氏は翌朝、山本繁一少佐らと水上機に乗り込んでセブに飛んだ。おそらく上脇氏も一緒だったはずだ。私が宿舎で奥野氏と言葉を交わしたのは、この出発の朝なのである。

そしてセブ市に着くと、奥野氏は二時間ばかり歩き、ゲリラの一員でモレノという男に山中で会った。モレノはナガ方面の代表だった。

モレノとその仲間の武装状況は蛮刀や旧式銃だけで大したことはなかった。が、包囲せん滅などと勇ましいことをいったところで、ゲリラは一般人と変わらぬ服装をしているので、住民に紛れ込まれたら見当がつかない。

モレノは、「われわれの仲間が高級将校らを捕虜にしている。日本軍が包囲を解けば間違いなく釈放するはずだ」と語った。「高官は古賀長官」と聞かされていた奥野氏は、改めて長官生存を確信した。次に書類の行方を追及すると、モレノは何も知らぬといった顔つきであった。

山本繁一参謀はおそらく、この奥野氏の報告と、救出された福留参謀長の「鞄は土民に奪われたが――」という話を総合し、Z作戦計画書は敵手に渡ったと判断したのであろう。米軍側資料、つまりアリソン・インドウ大佐の記録ではこのあたりが最大のヤマ場になっている。私がインドウ大佐の記録をしばしば引用するのは、この人が当時、オーストラリアのマッカーサー司令部の情報部の中心人物であって、その資料の信頼度は高いと見られるからである。

トーランドの著作も、記述の大半をこの「種本」によっている。

インドウ大佐は、

「ブリスベーン（マッカーサー司令部の所在地）では、この信じられないほどの機密書類の束は、技師の手によって全ページ漏れなく複写された。これらの複写は、マッシューバー大佐の部下の翻訳者たちが日に夜を継いで一語も余さず翻訳し、海軍情報部の情報資料の専門家と分析家に送達された」

と述べている。

さらに、

「一方、その実物はふたたび書類鞄におさめられ、潜水艦によってフィリピン諸島沖の飛行艇が墜落した付近の海域に沈めておくことになった」

と記しているのだ。それは、書類が連合軍に盗まれたことを、東京の大本営に気づかせないためであったという（＊現在アメリカが保管している原本は山本祐二作戦参謀が所持したものである。したがってこれは福留参謀長が所持していたものと思われる）。

これはどう考えるべきであろうか。もし書類を米側が拾いあげたとして、まったく気づかれない方法で複写し、原本はもとの現場に潜水艦で戻すというやり方は可能なのだろうか。

そこで私はその方面に詳しい旧海軍関係者にじかに聞いてみた。するとその人物はあっさり、

「可能でしょうな、それくらいならわれわれにもできますよ」

と答えた。

「古賀長官は生きては帰れなかった」

山本参謀の報告を受けた三南遣は陸軍に出動を要請、クーシン司令部に対してその後、次のような最後通牒をつきつけた。飛行機から散布されたそのビラには、

「同飛行艇から拾得、もしくはその搭乗員から奪取せる文書、物入、衣服などはすべて五月三十日正午までに無条件に返還せよ。もし承諾しない場合、日本帝国海軍は、諸君に対し、断固として徹底的手段に訴えることを警告する――」

と書かれていた。一方、米軍側記録はその状況を、

「六月十六日付クーシンからの通信によれば、その後の模様は次の通りである。

『二週間、敵の猛爆撃は絶え間なく続いた。その後も敵機は昼夜を分かたずセブに飛来している』」

と付け加えている。

そこで、この話を大西部隊の万田軍曹に裏付けてくれと頼んだら、彼は笑いながら、

「『二週間の猛爆撃』というクーシンの報告はちょっとオーバーですね。海軍から来たのは下駄ばきの小さな水上機（零式水上偵察機）が一機、ブルルンブルルンとやってきては小さな爆弾を落とすのです。しかしこれは、セブでは戦中ただ一回の海軍機の協力出動だったのです」

と語った。規模の大小はともかく、米軍側の記録にあるような攻撃の事実は存在したことになる。万田軍曹の「戦時名簿」（＊兵個人の戦歴を記録したもの）によると、このときの作戦は、五月二十九日に開始され、はじめマンガホン方面、のちに北部に移って六月十三日まで続けられている。たしかにこのとき、いったんは包囲を解いた大西部隊は海軍に協力してふたたびゲリラを包囲したわけで、そのときの旅団命令には、はっきりと「海軍機密書類奪回」の目的が掲げられてあったという。このときまで大西部隊長は、クーシンとの約束を守り続けていた。たび重なる海軍の要請と旅団からの命令についに抗（あらが）い切れず作戦に参加したであろうことは容易に想像できる。

戦闘は比較的長引いた。というのは大砲のない大西部隊には、マンガホンの岩山に逃げ込んだゲリラを囲みはしたものの、為す術がなかったのだ。唯一の攻撃兵器は海軍の小さな下駄ば

き機であった。それでも飛行機が上空に来ると敵は発砲をやめて物陰に伏せる。その間に歩兵は駆け足で前進することができたと万田軍曹はありがたがっていた。

米軍記録にある「二週間にわたる日本海軍機による猛爆」の実態とは、どうやらこれだけのことであったらしい。

ところで奥野「十三課氏」は「乙事件」に関して、今でも疑問を持っている。それは、現地にいたときからすでに発生した疑問だったが、戦後、それを決定的に信じ込ませるような場面に出くわしたからである。

奥野氏は「乙事件」後、大阪警備府の長官に転じた三南遣の岡長官を追うように内地に移った。そこで終戦となり、フィリピン時代に助けてやった米軍捕虜の協力で進駐軍相手に神戸でビジネスをはじめた。それはいささかなりとも海軍関係者たちの糧道をつくるためでもあった。かつての三南遣作戦参謀山本繁一氏もその事業、すなわちキャバレーの支配人になって、「ねえちゃん、気合いが入っとらんぞ」などとやっていた。

そんなある夜、たまたま古賀長官の話題に触れたとき、奥野氏は思い切って、

「俺は、古賀長官は生きておられたのではないかと思うのだが？」

と聞いてみた。すると山本繁一参謀は、

「長官には気の毒なことをした。あの状況では古賀さんも生きては日本に帰れなかっただろう」とつぶやき、目を伏せたという。そのときの彼の苦しげな表情を見てそれ以上何も聞けなかったという。

福留参謀長は無罪

ところで福留参謀長の軍機書類亡失事件を、海軍中央部ではどう受け止めていたのだろう。この点に関して、『連合艦隊司令部の遭難』（防衛庁防衛研究所戦史室編）には、次のように記されている。

「日本海軍中央部は機密図書の行方に強い疑いを持たなかったようであるが、『第二次大戦太平洋戦域における連合国情報活動』（アリソン・インドウ米陸軍大佐著）には、二番機の不時着時に連合艦隊のZ作戦計画を入れた防水ケースが米軍の手に渡り、米潜水艦でオーストラリアに送られ、全ページが複製されたのち、もとの防水ケースにおさめられ、ふたたび潜水艦によってフィリピンに運ばれ海に流されたと記されている。この暗号書および作戦計画の入手は、のちのレイテ海戦に重大な役割を演じたのである。当時、機密書類の紛失について、あまり問題にされなかったのは、フィリピンが第一線と隔離した後方地域であったこと、および福留中将一行に対する待遇がよかったことから、一般フィリピン人が米軍に密接に協力しているとは夢にも思われなかったこと、並びに不時着の状況から見て敵手に落ちたとは思われなかったためなどと見られる」

すなわち計画書亡失問題は無視されたまま、中央部の論議はもっぱら、福留参謀長一行が「捕虜になったか否か」に向けられたのであった。だがこれも、

「ゲリラの敵性が少ない。捕虜であったとしても実害がない」

という見地で不問に付されたのだ。

しかしこれまで明らかにした通り、米軍とゲリラの協力関係は、福留参謀長自ら紹介したゲリラと三人の米兵とクーシン中佐との酒盛りパーティーを見てもわかるはずである。

海軍刑法・海軍軍法会議法は旧憲法とともに昭和二十二年五月に消滅した。福留参謀長がこの酒盛りの事実を公表したのは、昭和二十七年であった。

当時は魚雷を食らって沈没しかけた艦からボートで脱出したら、艦が「運悪く」沈まなかったというだけで艦長が処罰された時代である。沈んでしまうより浮いている方が結果的にいいのだし、あるいは応急処置が功を奏したためかもしれないが、それでも海軍刑法の第三十七条

では、

「敵前なるときは死刑、その他は無期または三年以上の禁錮」

とされた。

捕虜に関する規定は第三十五条であって、

「指揮官その尽くすべきところを尽くさずして敵に降りまたはその艦船もしくは守所を敵に委（まか）したるときは死刑に処す」

と規定されている。

福留中将の場合は参謀長であるから、同十三条にある「艦船、軍隊を指揮する海軍軍人」つまり指揮官とはいい難い。参謀長というのは艦隊令第五条にある通り、いわば「職員」にすぎないのである。その任務は、

「司令長官の幕僚たる参謀長は司令長官を佐け隊務を整理し幕僚その他隊務に参与する職員の職務を監督す」

となっており、つまり死刑に該当するものではないといえるだろう。

とはいえ、敵に捕らわれていたとなれば、福留中将もただでは済まない。そこで問題となったのが、福留氏一行を捕らえたゲリラが「敵」であったかどうかの判定である。

福留参謀長の証言をうのみにすれば、「クーシンゲリラ」は、まかり間違えば親日ゲリラと思われるほど親切だったことになる。昭和二十年十月の証言では、福留氏はことさらクーシンを「土民」と呼び、

「土民の手にある間に、尋問も虐待も何も受けませんでした」（米戦略爆撃調査団証言）

と述べている。つまり相手方は「土民」であって、「捕虜」になったのではなく「手にあった」にすぎないというのだ。

この「敵」という言葉の規定であるが、国際法上「陸戦法規」に「交戦者」の資格が定められている。これを「クーシンゲリラ」にあてはめると、「条約付属書」にある次の項に該当する。

第一条、戦争ノ法規及権利義務ハ単ニ之ヲ軍隊ニ適用スルノミナラス、左ノ条件ヲ具備スル民兵及義勇兵団ニモ亦(マタ)之ヲ適用ス

一、部下ノ為責任ヲ負フ者其ノ頭(カシラ)ニ在ルコト
二、遠方ヨリ認識シ得ヘキ固着徽章ヲ有スルコト
三、公然兵器ヲ携帯スルコト
四、其ノ動作ニ付戦争ノ法規慣例ヲ遵守スルコト

となっており、さらに第二条では、第一条の一、二項を認識するゆとりのなかった場合は、三、四項を具備するならば「之ヲ交戦者ト認ム」と規定している。

つまり福留参謀長の相手は、明らかに交戦者の資格を有していたのである。しかし、「捕虜」と断定する前に、法務関係者はなお次の問題を解かなければならない。

当時、フィリピン全体は昭和十七年に日本の完全占領が宣言されていた。セブ島もまたしかりである。敵性分子はいても「敵軍」は存在しないことになっていた。陸軍の判断はそうである。黒田重徳第一四軍司令官も海軍の「伺い」に対して、ゲリラは敵でも味方でもないから福留中将が捕虜になったなどということは、陸軍としては一切問題にしていないと明快に述べている。

そして日本の法律上、「占領地」は「国内」と同一にみなす建前であるから、存在しない「敵軍」の「捕虜」になるはずがないわけである。

理屈のうえでは、まことにややこしい。もし「捕虜説」が成立するとすれば、福留参謀長らが「占領地外」に連れ出された瞬間、たとえば、米潜水艦に移乗したとき、ということになろう。また海軍首脳部としては、当時の戦況から、ともかくひそかに事をおさめたい一心であったろう。

ついでに軍機図書については海軍刑法第三十五条に、

「軍機機密の図書、物件を保管する者、危急のときにあたりこれを敵に委せざる方法を尽くさざるときは五年以下の禁錮に処す」

となっているが、参謀長自身が書類は飛行機とともに海中に没したとシラを切り通しているのだから、これまた敵に奪われた証拠は、少なくとも当時はない。

ともあれ、下級軍人に対してはあれほど厳しかった軍規が、この事件に限ってにわかに寛大だったことに反発を感じている人は、戦後も存在している。厳しい軍規の下で多くの戦友や部下を死なせているだけに、その凝視は厳しいのである。


さて、大西部隊長は、ふたたびクーシン司令部を包囲するまでの間、クーシンと交わした約束を固く守った。味方から、

「敵の謀略に乗って身動きがとれなくなった」

と悪口をいわれるほど頑(かたく)なに守った。

昭和二十年春、レイテ決戦の敗退にともない、セブ島にも米軍が上陸し、大西部隊はかつて

クーシンが立てこもったマンガホンの高原地帯に逃げ込み、最後まで徹底抗戦を続けた。

昭和二十年八月十六日、セブ島に終戦が伝えられ、大西部隊長は八月二十四日、山を下りて米軍に降伏した。大西部隊の戦死者は過半数の約六百名であった。大西中佐はセブ島民の告発を受けて、モンテンルパの戦犯刑務所に収容された。

では、問題の機密作戦書類は、いつ頃セブ本島を離れたのであろうか。

米海軍省の『第二次大戦米国海軍作戦年誌』によると、

「昭和十九年五月十一日、潜水艦『クレヴァル』、フィリピン諸島ネグロス島より婦女子二十八人収容」

とある。ネグロスはセブの隣りである。これが「乙事件」に一番近いオーストラリアへの連絡便ということになっている。

「Z作戦命令」を入れた黒い鞄は、おそらく、これら女性たちのカラフルなスカートの陰で、はるばるブリスベーンへの旅を続けたものと思

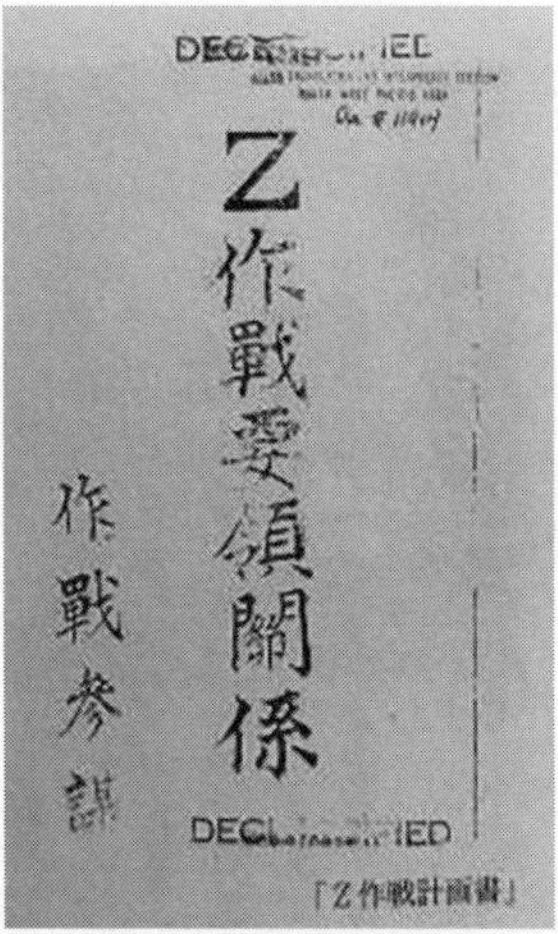

「Z作戦計画書」

米国に残るZ作戦計画書の原本

われる。

「それらはその後の海戦において非常に役立った。敵がどのような艦船に乗ってくるか。その燃料の量、火力、弱点、それに各部隊の指揮官の名前までもわれわれは知っていた」

と、米軍は評価している。

クーシンは敵にあらず

昭和十九年四月二十五日、海軍人事局は、福留参謀長らの処置について次のような決定を下し、関係方面に伝達した。

「乙事件関係者に対する処置の件」
一、関係者を俘虜（＊捕虜）査問会に付するの要なきと認む
「理由」
①俘虜の定義と称すべきものなく、したがって乙関係者が俘虜となりたるや否やの判定は困難なるも、少なくとも相手より俘虜の取り扱いを受けたる事実はなきものと認む。

②相手は必ずしも敵兵とみなし得ず、とくに土民は敵にあらざること明瞭なり。またクーシン中佐がはたして米国政府の命を受け戦闘行為をなしつつあるものなりや否や不明にして、正規の敵兵と断定し得ず。

（中略）

二、関係者を軍法会議に付する要なしと認む

①事件発生は操縦者以外は不可抗力なりしこと。

②敵に降りたる事実を認め得ず。

③利敵行為なし。

④軍機保護法に触るるがごときこと為しあらず。

三、処置

前諸号により関係者は責任を問うべき筋なきものと認む。従来敵国の俘虜となりたる者に対しては、その理由の如何を問わず極端なる処置を必要とするごとき理外の信念的観念をもって対処し来たれる事実あり。

ゆえに今次の処置は右根本観念を破壊せざること肝要にして、これが解決の途は一つなり。すなわち海軍当局の方針を明確ならしむる点これなり。

これによって「乙事件」関係者はおとがめなしとされた。しかし、事故の責任を操縦者、岡村中尉に帰しているところは蛇足というものだろう。一カ月半後の六月十二日、岡村中尉機はサイパン戦に出撃したまま未帰還となった。

そして五月五日、古賀峯一元帥（同日付で昇進）の殉職が次のように発表されたのである。

大本営発表

一、連合艦隊司令長官古賀峯一大将は本年三月、前線において飛行機に搭乗、全般作戦指導中殉職せり。

二、後任には豊田副武大将親補せられすでに連合艦隊の指揮をとりつつあり。

さらに福留参謀長の後任には草鹿龍之介中将が任命され、福留中将は第二艦隊司令長官に栄転したことが報じられた。

これらの発表によって「乙事件」は一件落着したかに見えた。

しかし、海軍当局が事件の内容を隠すことに努めたにもかかわらず、「乙事件」の風評はいつの間にか一般にも流布されていた。発表の前後から、各地の警察署から「乙事件」についての「流言」や「飛語」が広まりつつあるとの情報が海軍省に頻々と寄せられたのだ。そのうち最も多く語られたのが、

「古賀長官を見た」

というものであった。

マニラ燃ゆ

昭和十九年五月二十七日（海軍記念日）の朝、マニラ市民はブラスバンドの軽快なマーチに驚かされた。

五組のブラスバンドの先頭には、真紅（しんく）の制服に金モールを飾った素敵なバトン・ガールが行進し、華やかにマラカニアン宮殿からフォート・マッキンレーへと続いていく。

人々の間からはどよめきに近い嘆声がもれた。戦時色の深まる中で、この行進風景はアメリカ時代の海軍記念日のそれにそっくりだったからである。これは平出英夫氏と私による演出だった。

さて、行進が終わって、バトン・ガールの少女たちには海軍からプレゼントを渡した。それは米一包みとビタミン剤であった。喜びながら家路を急ぐ彼女らの後ろ姿には、すでに食生活の窮乏がにじみ出ていた。

昭和十九年九月、「乙事件」発生からすでに半年が経とうとしていたが、マニラではこの事件をめぐる噂話が絶えることはなかった。私も仕事の合間に情報を求めて歩きまわっていた。ところが、そんなことを吹き飛ばすような衝撃がマニラに走った。二十一日、マニラは初空襲を受けたのである。

まったくの不意打ちというより、当日は防空演習が予定されていて、それと一緒に本番がはじまったからたまらない。それも高速で接近した空母群からの艦載機というのだから、飛行哨戒もまったく用をなさなかったのである。

マニラ港に碇泊していたわが艦船は片っぱしから沈没炎上し、弾薬船『チャイナ丸』は夜を徹して誘爆を続けていた。郊外の陸海軍飛行場の飛行機も多数がやられた。

その代わり、マニラ市民の居住地域にはまったく被害がなかった。

空襲は翌日も続けられ、今度は七号桟橋の海軍弾薬庫が吹っ飛び、マニラホテル近くの高射砲弾集積所もやられ、誘爆を続けた。この失態の責任を問われ第一四方面軍（＊昭和十九年七月に第一四軍を改編）黒田重徳司令官は二十六日付で罷免された。

空襲の効果は大きかった。マニラ市民は、米軍は自分たちを殺さないと信じ、その来攻を心待ちするようになった。

その半面、マニラの日本軍の評判はガタ落ちだった。落日を見ながらマニラ市民が散策していたロハス通りは、八月から一般市民の立ち入りを禁止し、家屋は片っぱしから接収されていった。いこいの場とともに住む家まで奪われた市民は、ますます日本軍を恨んだ。

この空襲を境に、フィリピンには二つの変化が起こった。一つは独立したばかりのフィリピン政府がアメリカに宣戦を布告したこと、いま一つはゲリラと民衆が一体となって抗日に動き出した、という正反対の流れであった。

マニラの治安は急速に悪化していった。そんなある朝、海岸通りの寺内寿一総司令官邸の玄関前に親日フィリピン人が四人、針金で絞殺されたうえ、斬奸（ざんかん）状をつけて転がされていた。

寺内総司令官から「この死体はどうしたのか？」と尋ねられた憲兵隊長は、

「海上で処刑した死刑囚が漂着したのであります」

と嘘の報告をした。

寺内元帥は嘘と知らず、山田潤二マニラ新聞社長に、

「フィリピンでは死刑の執行は海の上でやるのだね」

と死体の話をした。「彦左」は驚いて、

「そんなことはない。あれはゲリラが親日フィリピン人をみせしめに殺したのだ」

と事実を詳しく伝えた。

すると翌日、憲兵隊長が、

「元帥につまらぬことを申しあげるとためにならぬぞ」

などと再三脅かしをかけてきた。

「ほんとうのことを、近頃はつまらぬことということになったのかね」

と山田老は苦笑していた。


「ケンペイ」の名は軍人内部でもある「恐れ」を持たれていたくらいだったから、フィリピン人の間では「ケンペイ」につかまったら決して生きては帰れないと思われていた。親日的なフィリピン人まで、スパイかもしれぬとか、ゲリラが自白したとかの理由で捕らえられたが、海軍の情報担当者にとって、その中から親日的なフィリピン人を請け出すことも仕事の一つであっ

た。

戦後、長浜憲兵司令官はじめ多くの憲兵が戦犯裁判により死刑になったが、特高外事課長だったY憲兵大尉のように、米検事団にうまく取り入って無事帰国した者もいた。戦後しばらくの間、Yを捕らえようとフィリピン帰りの旧軍人たちは血まなこになっていたが、Y大尉は新潟に逃れ、そこから占領軍の助力を得てロサンゼルスに脱出した。私も仕事がらみで追っていたが、Yから安着を知らせるハガキが届き、日本脱出の事実を知った。追手の面々はくやしがったが、占領下の当時では旧軍人の渡米は認められなかった。

十月に入ると、山下奉文大将が、覆面部隊（＊対ソ攻撃に備えた部隊）である満州の第一方面軍からフィリピンの第一四方面軍司令官に就任した。黒田司令官は辞任の直前に、この人らしく、在留邦人の婦女子に内地帰還命令を発した。「評論家」黒田中将の脳裏には、このときすでに日本軍敗北の予想図が描かれていたに違いない。

ところが、フィリピン決戦で勝つつもりだった上級の南方総軍司令部はこの命令を見て、「黒田の敗戦主義」を怒り、軍命令取り消しの総軍命令を出すに至った。

黒田命令がもし実行されていたら、米軍上陸後の婦女子のあの悲惨な光景はなかったはずである。

しかし奇妙にも十月中頃のマニラは、「負ける」どころか、街をあげて戦勝祝いに沸いていた。沖縄を空襲した敵機動部隊を攻撃したわが陸海軍航空隊は、これに大打撃を与え、十三隻もの敵空母を撃沈したというのである。まさに日露戦争における日本海海戦の大勝利を再現したものとして、昭和天皇からはお褒めの言葉をいただき、ラジオは高らかに軍艦マーチを奏で続けていた。いわゆる「幻の台湾沖航空戦」である。

マニラの日本軍がホッと一息ついたことも事実である。次はフィリピン上陸だと誰もが予測し恐れていたのに、準備はまるで間に合わない。武器はもちろん、兵隊も陣地も食糧も何もかも足りないのだ。

そこへ敵機動艦隊の主力空母十三隻を撃沈したというのだから、マニラ中の日本人が沸き立ったのも当然である。

陸軍料亭「広松」では報道部主催の大掛かりな祝賀パーティーが催された。陸軍が祝賀パーティーを開いたのは、この戦勝の主役が、はじめて実戦に参加した「陸軍雷撃機隊」だと発表されたからである。

しかし、陸軍の桐原報道課長がニコニコと杯をあげているかたわらで、海軍担当の新名丈夫記者が青白い顔をして黙り込んでいるのがまことに対照的であった。一航艦司令部に属していた彼は、このときすでに大戦果が架空のものであることを知っていたのである。敵の損害は巡洋艦二隻大破にすぎなかった。大勝利を信じた連合艦隊司令部は、寄せ集めの巡洋艦、駆逐艦で第二遊撃部隊を編制して追わせた。米軍はわざと艦艇が損傷したかに見せかけて、誘い出しをはかったのだから、追撃すれば捕捉せん滅されるところであった。幸い、味方哨戒機が敵空母の健在を発見して引き揚げ命令が出され、事なきを得た。

しかし海軍は、戦果がないに等しいという事実を陸軍に伝えなかったのだ。

祝賀会は盛大であったが、その翌日から敵の空襲は一層激しさを加えた。

沈んだはずの敵空母から、大挙してマニラを襲う大編隊を見て、陸軍側の意見を聞くと、

「討ち漏らした敵空母が損傷艦の退却掩護に必死になっているのだろう」

と落ち着いている。まあ、そういう見方もあるな、とその日は済んだが、さあ十五日の日曜からは、来る日も来る日も激しい空襲が続いた。十九日に至っては空襲警報も出ないうちに数百機の大編隊が空を覆うありさま。これでは誰だっておかしいと気がつく。武官府の防空班長だった私は、もう壕に入るのも面倒で、空中戦の見物ばかりしていた。

その十九日、早くも米軍は大兵力をレイテ湾に集結し、上陸を開始した。海軍は「捷一号」作戦を発動した。『武蔵』『大和』以下が水上からレイテ湾に殴り込み、基地航空隊も全機出撃する大作戦だ。平出英夫少将は興奮して私に、「君らも何かしろ」という。頭をしぼった結果、レイテ島に空からマッカーサーの署名入りのビラを撒こうということになった。日本軍は昭和十七年のマニラ占領の際、マッカーサーのサインを手に入れていた。内容は、

「日本軍の大反撃が予想されるので自分はふたたびフィリピンを離れる。諸君は元気で救出の機会を待ってほしい」

といった趣旨の偽造文書である。わが海軍がレイテ沖で戦果さえあげれば、これは相当な効果がありそうに思えた。

しかし、レイテ海戦は栗田艦隊の敵前逃亡でわが軍の敗北、このビラを撒く機会はついに来なかった。

寺内元帥は南方総軍司令部を率いてサイゴンに逆戻りし、山田老はふたたび独りぼっちになってしまった。

在留邦人の男子は十七歳から四十五歳まで残らず現地召集を食らった。

ところが第一四方面軍には鉄砲はおろか、軍服もないのだ。役に立たない兵隊を召集して、各民間企業の生産がガタ落ちになってしまうのは問題である。マニラ新聞社は司令部に強く召集解除方を申し入れた。これが奏功して、ようやく、

「別命あるまでは、これまで通り職場で働いてさしつかえない」

ということになった。

しかしこれら現地社員は、マニラ防衛隊の一員として悲惨な戦闘に巻き込まれ、その犠牲を楯として山下兵団主力は、山中の主陣地に展開したのである。

レイテ島に上陸するマッカーサー

渡名喜大佐の気働き

米軍のルソン島上陸近し、という判断はもはや動かぬものとなってきた。

はじめ互角を伝えられたレイテ島の陸上戦は、十二月十日、米

軍のオルモック奇襲上陸で逆転した。日本軍の補給基地が敵手に落ちたのである。

東京の軍令部の渡名喜守定大佐は私をマニラに置きっぱなしにしていることに気づいてくれたらしく、「後藤の帰国に輸送機を提供するように」という大本営命令をマニラの艦隊司令部に打電してくれた。

この頃、敵はすでにルソン島の鼻先のミンドロ島に足がかりをつくり、一方で、敵機動部隊は南シナ海に躍り込んで、カムラン湾から香港、高雄などめぼしい場所を片っぱしから爆撃し、航行中のわが艦船を撃沈していた。

とても輸送機などなさそうに思えたが、航空参謀の骨折りで、毎日社員をマニラに運ぶ予定の飛行機が高雄まで来て立ち往生しているのが見つかった。

この期におよんで、なぜ本社がマニラに社員を送り続けたのか不可解であるが、それほど内地では戦況の真実が隠され続けていたということであろう。

社員の送還について、私はそれまでも報道部のコネを利用して、強引に飛行機の席をあっせんしてきた。便乗の優先順位をとる工作は、目立つとうるさいので人知れぬ苦労だった。

その頃、マニラ市民は、インフレと食糧不足の恐るべき危機を迎えていた。日本人の間にさえ飢えは入り込んできた。もう軍票（＊戦地で発行された紙幣）は何の価値も持たない。物々交換がすべてであった。経済記者の厚川正夫君によると、日本軍の占領当初、二億しかなかったフィリピンの通貨は、この頃は五十億に達していた。わずか二年間にである。現に厚川記者が乗って昭和十九年十月二十二日にマニラに着いた飛行機には、日本で印刷した五百ペソ紙幣が二億三千万ペソ分も積んであったという。彼は正金銀行の社員と海軍特別少年兵の一団とともに、このお宝の山に座ってやってきたのだ。

主食の米はおろか、カモテと呼ばれる芋さえままならぬ。仕事がないから収入もない。街には、一日の糧(かて)を手に入れるため、娘たちまでが街角に立つようになっていた。もはや悽愴(せいそう)というべき、マニラの死相であった。

混迷するマニラ

その頃マニラ新聞の鴨井辰夫氏は、もっぱら食糧の確保と社員の送還に奔走していた。

敵の上陸を前にマニラ新聞社員は殺気立っていたが、肝心の山田社長は十二月のはじめ、連絡のため一週間の予定で内地へ発ったまま、もう帰れなくなっていた。戦況は急速に悪化していて軍司令部自身、見通しがつかない有様なのだ。

鴨井氏は大阪本社で「販売三羽ガラス」の一人に数えられた営業のプロだから、冷静に敗戦の現実を打算できる人だった。

彼自身はお母さん子で、内地に帰って母親と暮らす日ばかり夢見ていた。山田社長も、マニラに帰ったら入れ違いに鴨井氏を内地に帰すと約束して出発したのだが、その山田社長は帰ってこられないで、どうやらマッカーサーの方が先にやってきそうな形勢にあわてた。

私の乗る飛行機が見つかったというニュースにマニラ新聞の南条真一編集局長は「内地に逃げ帰るなど、君は皇国臣民としての自覚が足らん」と怒った。この人は、戦前は毎日のロンドン特派員として活躍し、リベラルな論調で知られていたのだが……。

一方、鴨井氏は大喜びで、

「実は病気の社員が七人ほどいるのだが、何とか乗せて帰ってくれよ」

と口説きに来た。しかし彼らは、最近の現地応召で陸軍の兵籍にある者ばかりなのだ。陸軍の人間を海軍機で運ぶのはどうかと私は困ったが、鴨井氏は、

「ゴッちゃん、君ならできる、君だから頼むのだ」

と真剣である。

その夜、海軍が私の送別会をしてくれたのでその席で相談してみると、海軍はあきれて、

「しかし、その陸軍の人間を乗せて、もし撃墜されたりしたら何というかね。『余計なことをしてくれた。あんな者でも竹槍ぐらいは持たせられる』と陸軍はいうぞ」

と最初は反対した。しかしともかく、私の嘆願を容れてくれた。表面は「後藤一名」の搭乗とし、他の者は「携行貨物」とみなして黙認してくれることになった。

マニラ市の東方にあるニコラス飛行場から、「今夜あなたの乗る飛行機が発つ」と知らせがあったのは十二月二十五日、クリスマスの朝のことだった。

航空参謀は「無事に帰ってください、東京の皆さんによろしくね」と力いっぱい手を握って、幸運を祈ってくれた。

艦隊司令部も数日のうちにマニラを捨ててバギオの山中に立てこもるという。ミンドロ島を占領した敵のルソン上陸は目前に迫っていた。味方の特攻機が細々と敵船団に体当たりしているだけで、制空権はもはや完全に敵のものであった。

数日前の朝早く、ラウレル大統領以下フィリピン政府の要人が、数十台の車に家財道具を積んでバギオを指して都落ちした。それとともに村田省蔵大使以下の日本大使館員も寂しくマニラを去った。福島慎太郎書記官（戦後、共同通信社長）によると、方面軍司令部の田口参謀から、

「大使館もそろそろ疎開してもらいたい」

といわれたので、

「司令部はいつ移動するのか？」

と聞いたら、

「もうとっくに逃げちゃったよ」

と笑ったという。

さらば、マニラよ

大使館前のマニラ港には、巡洋艦から輸送船まで大小の船が赤錆びて沈んでいた。プレストに盛りあがるシンフォニーの終章のように、マニラにおける陸海軍の終末は近づいていた。別れを告げる私の手を鴨井氏は、何度も握りしめた。

鴨井氏たちは業務、工務の日本人社員を連れてバヨンボン（ルソン島中部）に移動するつもりでいた。毎日社員で応召した将校から、バヨンボンに食糧集積所を設置するという情報を得ていた鴨井氏は、早くからそう決めていた。

一方、南条局長は陸軍の秋山邦雄報道部長から、

「マニラ新聞をどうするか、司令部と一緒にバギオに移動するか」

と相談されて、

「最後の最後までマニラで新聞を発行し続ける。万一の場合は振武集団（第八師団）のイポー東方拠点に退き、そこで発行を継続する」

と答えた。

そこでマニラには桐原中尉らの陸軍報道部とマニラ新聞社の約二十人が「決戦報道隊」を組織して残留することになった。日本語紙は南条氏、英語紙は福本福一記者が担当した。両人とも健康で英語もうまい。軍の支援も受けられるはずだから何とか生き延びられるだろうと思われた。事実、昭和二十年一月十五日の南条局長から東京の山田社長への最後の手紙にも、

「社員は最後の一名に至るまで私が安全に脱出させますからご安心ください」

と自信のほどを述べている。心配だったのは、むしろ年配者の多い鴨井グループの方であった。しかし、人の運命はわからぬものである。

いよいよマニラを脱出するときが迫った。ニコラス飛行場の一隅で、私と七人の「携行貨物」たちは互いに手を握って闇の中で待機していた。すでに十二月二十六日の夜明けは近かった。

この日はいくらか雲はあったが、内地の初秋を思わせる快い夜風が渡り、レイテの方角に、雷とも照明弾ともつかぬ閃光がひらめいていた。

突然、すぐ近くでエンジンの始動が轟然とはじまり、私たちは飛びあがった。駆けつけた当直士官は「ご無事で」といい、地上整備の兵が梯子を用意してくれた。

滑走路の方を見ていると、やがて鬼火のような灯がポツン、ポツンとともされてゆく。椰子油を燃やすカンテラを一直線に並べて、機はそれに沿って滑走するのである。

整備兵が扉を閉じると、機はすぐさま滑走をはじめた。機種は『ニッポン号』と同じ九六式中攻であった。カンテラの灯がどんどん後ろに流れ、一直線の火の棒になったかと思うと、ふわりと空中に浮いた。

ゴトン、ゴットンと車輪をしまう音が消えると、グッと機速がついて、マニラ湾上空を横切っていく。マニラの街から点々とヘッドライトが出てゆくのは軍の移動だろうか。

高度が上がり、寒さが加わった。

「携行貨物」たちも軍用毛布をかぶりはじめた。貨物の一人、西谷市次君は第四航空軍付の記者らしく、銃座に拠って見張りを続けていた。

機は青い排気炎を残しつつ、思い出多いルソン島に別れを告げた。

私たちが離陸して間もなく、このニコラス飛行場に着陸態勢に入った一機の陸攻があった。だが、早くも待ち伏せていた敵戦闘機に襲われ、撃墜されてしまった。それは軍令部において俊才をうたわれ、ルソン航空決戦の指導に駆けつけた航空参謀、岡田貞外茂(さだとも)中佐の乗機であった。岡田中佐は岡田啓介大将の令息である。戦場の生死の境は、まさに髪一筋であった。

「腰抜け軍令部」に泣く

ルソンを離れた九六式中攻は、まず海南島方面に大きく擬航路をとり、台湾の高雄、台北、九州の雁ノ巣を経て無事、羽田に着いた。社内の連絡を済ませた私は、すぐに海軍省を訪れた。

東京でもB29の爆撃がはじまっていた。掘り返された防空壕やビルの迷彩、ガラス窓に貼られた紙テープ、そして師走の寒風の中を身をこごめて行く人々の表情は暗かった。

海軍省の赤煉瓦の建物に変わりはなかったが、年の暮れというのにストーブの火がない。南方帰りの私には、この寒気がことのほかこたえた。

軍令部第三部総務課長の渡名喜大佐に、私はルソンの状況を事細かに報告した。ともかく民間人を救出しなければならぬ。そのためには海軍にもう一息ふんばってもらわねばならない。

渡名喜大佐はじっと耳を傾けていたが、

「今の話、第三部のみんなに聞かせてやってくれないか」

といった。私は喜んで応じた。

ところが渡名喜大佐は奥に引っ込んだかと思うとすぐ出てきて、

「悪いけれど、みんな外出して今は部長しかいない。今度にしよう」

という。

「それはいつです？」

と聞くと、手帳をめくりながら、

「そうね、正月九日にはみんな揃うかな」

とつぶやいた。

私は思わず椅子から立ちあがって怒鳴った。

「バカなことといいなさんな、その間にルソンはどうなると思う。海軍はやる気がないのか。間に合わない、今すぐでないと間に合わんのだ！」

こんな興奮のしかたに私自身びっくりしていた。

渡名喜大佐も驚いて、

「まあ、待ってくれたまえ」

と小柄な身体を敏捷に走らせてふたたび奥に入ると、大野竹二第三部長を連れて出てきた。この人は、有名な「月月火水木金金」を号令した伊集院五郎提督の息子さんで、海軍軍人の名門であった。

私はマニラでまとめていた意見を一気にまくし立てた。

第一に陸海軍航空の一本化である。飛行機の機関砲から無線機まで陸海軍はまったく別であった。同じ基地に陸海軍機が同居して、一方に銃弾がなく一方に余っていても施す術がない。部品もすべてしかりで、ロスが多すぎた。

第二に指揮権問題である。米軍のやり方にならって山下奉文大将を陸海軍の合同司令官にすべきだ。敵の陸軍大将マッカーサーはすでに海軍の強力な第七艦隊を指揮下に入れ、陸海空立体作戦で進攻しているのだ。

第三は補給に連合艦隊の主力をあてることだ。戦艦ででも補給しなければ、せっかくの砲も戦車も兵員も、ルソンのすぐ近くでみな海没してしまう。

部長は無表情に私の意見を聞き終わると一言、「ありがとう」といったきり、サッと立って奥へ入ってしまった。

寒い部屋には渡名喜大佐がポツンと座っているだけ。

私の目からポロポロと涙がこぼれた。意気込んで来ただけに情けなかった。

フィリピンにいる同胞の運命はまさに風前の灯である。だからこそ、戦争にはズブの素人の私が、ない知恵をしぼってこんな意見を述べているのではないか。それもこれも、海軍がギルバート以来意気地なくも負け続けているからではないか。

「意気地なし！　くやしかったら一度でいいから勝ってみろ、それもフィリピンで勝ってみせろ！」

「まあまあ、そう怒らないで、何か食べに行きましょうよ」

渡名喜大佐は、俳優の笠智衆そっくりの訛りのある話し方で私を慰めながら、水交社で「すき焼き」をおごってくれた。

渡名喜大佐は沖縄出身で、薩摩色の強い海軍では人一倍苦労もしたろうが、それを顔には出さない篤実な人柄であった。

すき焼きの湯気と少しの酒に酔って私は大佐にからんだが、彼は「ウンウン」というだけで反論もしなかった。

戦後、渡名喜氏は沖縄観光開発事業団（＊現、沖縄観光コンベンションビューロー）理事長になった。沖縄戦で大田実司令官以下海軍陸戦隊員が玉砕した地下陣地跡を発見し、保存したのも渡名喜氏である。

大田司令官は海軍きっての陸戦の名手であった。沖縄戦の最後の頃は陸軍の指揮下にあって奮戦した。その巨大な地下壕が戦後二十年余も経って発見され、沖縄の戦跡の一つとなったのである。

そんなある日、渡名喜氏に会うため沖縄を訪れようとしたとき、秘書嬢に、

「約束の五分前に来てください」

と念を押された。遅れると機嫌が悪いという。海軍時代と変わらないな、と私はおかしかった。

理事長室には大きな太平洋の地図が壁面を埋めていた。

「あのとき僕は、和平工作をはじめていたのでね」

と、渡名喜氏がはじめて打ち明けてくれたのはこのときだった。

彼の和平工作は独自なもので、高松宮殿下と広田弘毅元首相を中心として、ドイツ大使館の海軍武官であるポール・ヴェネッガー中将を通して進められたらしい。ナチス・ドイツの武官を通じての和平工作とは不思議だが、あり得ない話ではない。ドイツもソ連の重圧に耐えかねて、西側諸国との単独和平を画策していたからである。

ところが、国内では用心深く行動していたのに、何とベルリンのドイツ海軍省から渡名喜工作の秘密がもれてしまった。

ベルリンから東京の陸軍省に報告が入り、陸軍から海軍へ、そして本人へと圧力がかかってきた。

部内で白眼視される立場に立った渡名喜氏は、

「これで日本を救う術も失われた。同じ死ぬなら第一線で散ろう」

と昭和二十年四月、福山航空隊司令として死場所を求めたのだが、生きて終戦を迎えたのであった。

悲劇に終幕

一方、セブ島で捕虜一行を救出した上脇辰則氏にも危機が迫っていた。

辰則氏は父たちが召集されたあとも、マニラの自宅の地下室に無線機を持ち込み、敵信の傍受に努めていた。制空権は完全に米軍に奪われ、上空を乱舞する敵機同士が交わす通話は、さながら野球の実況放送のようであったという。

辰則氏は現地人になりすましていたのだが、ついに米軍に感づかれた。そのため、長年使っていたフィリピン人のコック、運転手、メイドたちに数千ドルずつを渡し、偵察に来た敵のジープを乗っ取り、海軍がいるモンタルバンを目指し北上した。山道は険しかったが、戦前よく自家用飛行機で付近の上を飛んでいたことが役に立った。

辰則氏はルソンの山中にたてこもり、終戦まで戦い続けた。幾度か斬込隊にも参加したという。戦後は、戦犯刑務所で通訳の仕事をさせられ、奇しくも「皇軍マニラ入城」の際、日の丸の小旗を振って迎えた本間雅晴中将の最期を見届けている。

本社に帰った私は、南方部長に任命されたが、現地との連絡も思うに任せず、八月に入ると広島、長崎の原爆、それにソ連参戦と相次いでは、もはや戦局も絶望的であった。八月十日になると、

「日本がスイスを通じてポツダム宣言を受諾した」

という外電がひそかに編集局内に流れた。

私はそのニュースを持って平出氏の自宅を訪れた。

高血圧がだいぶ進行して、意識が定まらないときさえあったが、平出氏は私の話に、

「まあ、終わってよかったな」

と笑った。

印象的だったのはそのとき、かたわらの奥さんがキッとなって、

「あなた、負けて何がうれしいのでございます」

とたしなめたことであった。

平出氏は、

「陸軍をおとなしくさせるには陛下に放送していただくほかないな」

と意見を述べた。

この人が「大本営海軍部発表」の名調子でハワイ、マレー沖の大勝利を伝えたのは、ついこの間のことである。その同じ人が今は病床で、「陛下に放送していただかねば」と案じている。悪夢のような四年間を振り返って、私は瞼を熱くしていた。

八月十五日、ついに陛下の御聖断が下った。

八月末には奥村社長が他社にさきがけて辞任し、九月二日、『ミズーリ』艦上で降伏調印が終わると、毎日社内はもう「戦後」に向かって突っ走りはじめていた。九月十日、南方部は廃止され私は大阪本社の運動部長に転じた。しばらく風当たりを避けておれということらしい。

ある日、海軍省経理局から、

「戦時中の海軍の未払い分を支払いたい」

といってきた。相当の金額であるが、社内にはそれを受け取れない事情ができあがっていた。戦争責任追及の声が社の内外に高まっていたからである。


昨日まで「一億玉砕」を叫び、「本土決戦」をうたいあげた輪転機は、今は「平和の歌」を奏でている。


海軍経理局長は宮中御歌所で知られる歌人で、威儀を正して私の返事を聞いたが、

「では霞ヶ浦に多色刷りオフセット機がある。世界有数の優秀機と聞いているが、受け取っておいてはどうか。いつか社のお役に立つでしょう」

といってくれた。


それも社は受け取ることができなかった。辞退すると局長は、

「そうですか」

と寂しそうに目を伏せた。

「決戦報道隊」全滅す

マニラからの復員第一船に乗って、鴨井辰夫氏らが鹿児島港に着いたのは、昭和二十年の十月末であった。

そして私たちの観測を裏切って、わずかの期間に四十七人の毎日社員が殉職したことがわかって、私は暗然と息をのんだ。この数字にはマニラで応召戦死した毎日社員はむろん含まれていない。

さらに最後までマニラにがんばった決戦報道隊の南条、福本組と桐原中尉らの消息は容易につかめなかったが、やがて生還した振武集団の部隊関係者によって、その全滅が伝えられた。

昭和二十年の二月早々、マニラを去った南条氏らは予定通り振武集団司令部に合流したが、予期に反して邪魔者扱いされた。冷たい処遇に南条組の人たちは涙をのんだことであろう。やむなくイポーの守備についていた河嶋兵団に直接交渉をした。

河嶋修兵団長は快く迎え入れ、鈴木大佐と阿久津参謀に一行を託した。この厚意に応えて「神州毎日」というガリ版の日刊紙を発行することになり、マニラから運び出した短波受信機による国際情勢の解説、将兵の小説や詩歌の投稿、河嶋兵団長のエッセー「神州荘話」の連載などで大好評だった。

兵団長の戦後の回想によると、上級の振武集団司令部が発行する機関誌よりはるかに面白かったというから、南条氏たちも意地を貫いたことになる。

兵団長の記憶では、四月二十九日の天長節には南条氏ら新聞班を招いて祝杯をあげるゆとりがあったが、五月三日付で「神州毎日」は停刊となった。この日、米軍が振武集団の防衛線を突破し、イポーに迫ったからである。

河嶋兵団は不幸にも主力大隊を振武集団に引き抜かれて防衛兵力が足りず、部隊は大切な食糧も搬出できないまま、後方の「十三の谷」というジャングルに逃げ込むほかなかった。

南条組は花房部隊に預けられたが、この部隊もまったく食糧がなく、六月十日頃、アクレに到着したあと、南条組は全員、飢餓とマラリアに倒れた模様である。

一行の姿を最後に見たのは、毎日新聞社から応召して野戦貨物廠にいた氏家中尉であった。弱り果てたかつての同僚の姿に胸をつかれた中尉は、ひそかに数キロの米を持ち出し南条氏の手に持たせてやった。折から激しい雨の中を、一行は幽鬼のように去って行ったという。

この消息を知人に伝えた中尉もまた、七月二十八日、同方面で戦死している。

「決戦報道隊」の最後はこのように痛ましい限りであったが、ただ一人、小林記者だけが奇跡的に生還することができた。

私に武官府の食堂で「乙事件」の第一報を告げた中村康二記者は、担当する四航軍司令部の急速な撤退のため、ガールフレンドに別れを告げる暇もなくマニラを脱出した。

ところがその翌日、マニラ新聞社の受付に彼女が座り込み、「マイ・ダーリンを出せ」と叫んで動きそうにもない。

すごい美人が英語でまくし立てている、というので応対に出たのが決戦報道隊の小林君だった。そんなことから彼は極東大学に近い彼女の家をしばしば訪れるようになった。彼女にかわいい妹がいたからでもあったらしい。

ところが、その極東大学がマニラ市街戦の最初の戦場となった。

二月三日の夜であった。上村カメラマンと彼女の家に遊びに来ていた小林記者は、街のざわめきに異様なものを感じた。家は道路から二十メートルほど引っ込んでいたが、その大通りを市民が駆けながら「アメリカ軍が来た」と叫んでいる。

まさか、と思ったが、二人は家を出てみた。その鼻先に巨大な米軍戦車が姿を現わした。

このとき、極東大学に陣取っていた日本軍は、戦車の星印を日本陸軍のそれと間違えて歓声をあげたという。米軍の進撃はそれほど速かったのである。

二人はあわてて防空壕に飛び込んだ。小林記者はとっさに道端に捨ててあった古い自動車のフェンダーを頭に乗せた。昔読んだドン・キホーテの金だらいの話を思い出したが、今は笑っている場合ではない。そのとき一瞬、戦車砲の音がやんだ。

「上村君行こうか」

「よし来た」

と一目散に駆けた。最初振り向いたときは、上村君はたしかにいた。二度目はしかし彼の姿はなかった。上村君はこうして決戦報道隊の最初の死者となった。

小林君はやむなく彼女の家に舞い戻り、

「何か食べさせてくれ、これから東方の山中に転進する」

と頼むと、彼女たちはなぜか、

「それは自殺と同じだ。絶対に行かせることはできない」

と彼を引き止めた。少し経って彼女の親類の男が顔を出した。何と、それは彼を捕らえに来たゲリラ部隊の士官であった。

フィリピンに残留した村松喬、中村康二両記者は、終戦間際には、秋山報道部長にすっかりニラまれて、危うく「消される」運命にあったという。二人は英語ができるうえに、中村記者がフィリピン政府の担当記者だったので、地方の県知事にも知己が多かった。そこで栄養の補給をかねて訪問して歩いた。その際、ラウレル大統領一行が脱出した様子をしゃべったことが、どうしたはずみか、憲兵にもれてしまった。それで「消される」はずであったが、その頃中村記者の衰弱がひどくて、相手も気が抜けたのか、殺し屋は来なかった。

村松記者は、撃墜され山中に不時着した米軍パイロット、ディーン・ショー大尉を日本軍司令部に護送し、ここではじめてポツダム宣言受諾の事実を聞かされた。

ショー大尉は山下軍司令官の親書を携えて米軍陣地へと下りていった。

生き残った報道マンが最後にやった仕事は、終戦を知らず山中をさすらう日本軍の将兵や民間人のため、降伏の心得をビラで伝達することであった。そして彼らは任務をはたしたあと、民間人の、その最後のグループが下山するのを見届けて山を下りたのである。

さて、最後に「乙事件」にまつわる一つのエピソードを紹介しておきたい。

あのとき、福留参謀長の救出に向かった大西部隊は、終戦まで米軍と武装ゲリラを相手にさんざん苦労した。

戦後は河野旅団長以下、多くの戦犯指名者を出した。フィリピンの裁判は報復的な色彩が濃く、ほとんどが絞首刑であった。大西精一部隊長もモンテンルパの刑務所に抑留された。参謀長救出の軍使を務めた陣之内少尉も一緒だった。

そして戦後も中村康二記者は、語学力を活かしてフィリピンに踏みとどまり、戦犯たちの世話を焼いていた。それは実に昭和二十四年、毎日本社がシビレを切らして「すぐ帰国しないと除籍する」というまで続けられる。

中村君は大西部隊長から親しく当時の模様を聞いていた。

それによると、陸軍の上級司令部は海軍の要請如何にかかわらず、

「捕虜を受け取ったらクーシン部隊をすぐ包囲せん滅する」

との方針を早くに決定していた。Z作戦計画書の扱い方については陸海軍とも同意見だったのであろう。また、人質がまだかくまわれているという情報もあった。しかし、大西部隊長はそれを無視し、クーシンとの約束通り包囲を解いてやった。その大西さんが絞首刑を求刑され

ているのが、中村君にとっては残念でならなかった。

彼がどんな伝手でどう運動したか、それはわからないが、彼は戦犯裁判を傍聴していた。ある日、裁判所となっていたマニラの旧師範学校にクーシンが姿を現わした。終戦後も彼はセブ島にいたのである。

法廷でかつて敵同士であった両部隊長がはじめて対面した。

当時のフィリピン民衆の反日感情はすさまじいものがあった。クーシンが、多くの軍民を殺害した大西部隊長をいかに追及し、弾劾するか、満員の傍聴席はかたずをのんで見守った。それがマニラの市民感情だったのである。ところが、クーシンが語り出したとき、人々は思わず顔を見合わせた。

クーシンは海軍軍人たちを解放した際、大西部隊長がその交渉でいかに誠実に約束を履行したか、その後の非戦闘員に対する扱いがいかに人道的であったかを詳しく証言し、大西部隊長の処置とその武士道的精神を称える証言を行なったのである。それだけではなかった。発言を終えたクーシンは、ＭＰ（＊憲兵）が示す退廷のコースを無視して、つかつかと被告席の大西部隊長に歩み寄ると、その手を固く握りしめた。

この恩讐を超えた劇的な光景に人々は胸をつかれた。裁判長も例外ではなかった。こうして大西部隊長は絞首刑を免れ、やがて内地に生還することができ、鳥取の地で余生を送った。

あとがき

私が新聞記者として経験した戦時報道の現実など今ではすっかり昔話になり終えたか、と思っていたら、近隣国の報道規制の中には、昔の日本にそっくりの某国のごとき存在があって、気味が悪い思いである。

戦時中の日本は、私たちが「軍人人種」と呼んだ人たちによる一種の軍政下に置かれていたようなものであった。そして悪役の多くは気の毒ながら陸軍の人たちだった。不思議と海軍の人たちにはその記憶がないのである。

仕事の関係で私たちは否応なくこの人たちと付き合わされたのだが、向こうから見れば、こっちだって得体がわからない「文人人種」なのだから、双方で戸惑ったわけである。さまざまな悲喜劇がそこに生まれた。だが中には私たちの仕事に理解を示してくれる奇特な軍人もいた。その代表格が、米内光政大将であった。

私は、戦中はもとより戦後も米内大将に迷惑がかからないようにした。ニュースソースの秘匿、提供者の保護は新聞記者の第一の義務である。私が米内大将の名をはじめて明らかにしたのは昭和四十四年十一月二十五日、フジテレビの「小川宏ショー」で開戦の思い出を語ったときであった。それまで二十八年間、「海軍某高官」で通したのである。

実は戦後一度だけ、私は米内さんに会った。それについては事情がある。

戦争が悲惨な結果に終わって間もなく、海軍大臣の米内さんは生き残った二十九人の海軍首脳を省内に集め、日米開戦の「真相」について記録させた。海軍は間違いなく解体される、そのときにあたって真の歴史を残そうというのである。討議は座談会形式で、四回にわたって行われた。

「海軍はやがてなくなる。あとは何とかそっちでやってほしい」

それが米内大将の本音であった。

だがほどなくして米内さんはあっけなく世を去ってしまう。そのうえ座談会の記録もうやむやになり、せっかくの提督たちの努力も水泡に帰したのである。

ところがこのほど、百枚にも及ぶ座談会の記録（＊本書巻末に一部抜粋）が発掘され、それが新名君の編纂で近く公刊されるという。三十年近くもの間、記録が大切に保存されていたかと思うと、当時を知る者としては感慨深いものがある。

さて近頃、「日本人再発見」ということが何かと話題になっているが、はたして戦後の新しい日本人は、岡倉天心が説いたような平和の精神というべき心を、得たであろうか。少なくともアジアの人々は、そのような日本人を「再発見」してくれるだろうか。

平和の精神によって日本人が生きる、そのような日々が来てはじめて、太平洋戦争に散った三百余万の人々の思いは生きるのであろう。そして死者の思いが生きてはじめて、過去は生者の未来にかかわるものとなるのだ、と私は思う。

最後になったが、執筆にあたって諸兄姉から多くの激励とご協力をいただいた。ここにお礼申し上げる次第である。

後藤基治

【参考文献】

『戦時報道に生きて』後藤基治著、非売品
『海軍戦争検討会議記録』新名丈夫編、毎日新聞社

付・提督座談会

御前会議

永野修身（軍令部総長・元帥）　今度の近衛（文麿）手記には、余（永野）の発言（＊昭和十六年九月六日の御前会議での天皇の開戦反対発言に対して「外交を主といたします」と答えた）に関して、陸海軍を代表して申し上げたるなり云々と、書きあるも、事実それ程巧いことをいったかしらん（及川、その他笑う）。

藤井茂（大佐）　……十二月一日、御前会議にて外交交渉打ち切りに決せり。

柴勝男（大佐）　十一月二十六日、米国よりハル・ノート到着の時、岡（敬純）軍務局長は「とうとうこんな事になったか」といって泣かれました。海軍が最後の決意をなせるは、十一月二十六日のハル・ノート以後なり。

藤井　海軍がいよいよまで外交折衝に望みをかけし証拠は、近衛・ルーズベルト会談のため、七月より「新田丸」を準備し、電信員を配し、開戦まで横浜に控置せしことにて明瞭なり。

岡敬純（軍務局長・中将）　真に決意せしは、十二月一日の御前会議なり。次のことが、自分の日記にある。

第三次近衛内閣崩壊前に、富田（健治）書記官長が近衛総理の命を受け、余に対し電話にて

「海軍は戦争ができぬといってくれ」と頼んで来た故、余は「海軍は南方作戦だけはできる。その後は二カ年だけは戦争ができる」と返事せり。

及川古志郎（海軍大臣・大将）その電話は、十月二、三日頃じゃないか。海軍作戦の持続力（＊二年間）のことは、永野さんの意見によったものなり。

永野 その頃、近藤（信竹中将）君など相当強いことをいっていたぞ……一戦を辞せずとか……。

岡 後宮（淳陸軍）大将は外交折衝を支持したが……武藤（章）が聞かず。

永野 九月五日、お召で参内した時、御上（天皇）には、いつになく御気色が強かった。議案の一、二項の順序につき御言葉の後、杉山（元）参謀総長に対し「この作戦は見込みはあるか」との御下問あり。杉山が「大抵遂行の見込みがあります。南洋方面は三カ月くらいで片付く見込みでございます」と奉答するや、「汝は支那事変発生当時、作戦は一カ月で片付くといったが、四年経っても片付かぬではないか」との御言葉あり。杉山は「あれは支那の奥地が広くて、見込み違いとなりました」と言上す。

御上は「太平洋は支那よりも広いぞ」と御諚（＊天皇の言葉）ありたり。杉山、恐懼一言もなし。この時、永野より、「杉山に対して、この作戦は確実にできるかとの御言葉のように拝しましたが、戦(いくさ)の要素には確実ならざるもの多く、その成功は天佑によらざるべからざる場合もございます。ただ成功の算と申すものはございます。例えばここに盲腸炎にかかれる子供あり。そのままに放置せば、死を免れず。手術するも七〇パーセントまでは見込みなきも、三〇パーセント助かる算あることあり。親として、断乎手術するのほかなき場合がございます」と申しあげたところ、御気色和らぎたり。

岡　十二月八日と決まった経緯の詳細は、聞いてみても誰も知らぬ。

永野　あれは図演（＊図上演習）で決まったよ。

大野竹二（少将）　あれは統帥部に一任であった。

岡　統帥部に一任のことも、大本営・政府連絡会議は知らなかった。

かつて、自分は軍務第一課長として、陸軍・岩畔（豪雄大佐）と論争し、「ヒトラーはいつ死ぬかも知れぬのに、こんな者相手に軍事同盟を締結するのはいかん」と反対せるが、その時岩畔は「そんなことをいうと、殺されるぞ」といえり。

近藤信竹（大将）　三国同盟には、海軍は日米戦争をせぬために同意したり。

及川　昭和十六年六月二十二日、独ソ開戦せるにより、海軍としては同盟の廃棄を主張せり。

柴　独ソ開戦するや、松岡（洋右外相）は対ソ開戦をも主張せり。これには海軍、大いに反対せり。

永野 あの時、松岡に叱られた。近衛手記にある通り、松岡は「永野のいうことは訳が分らぬ。海軍は対米戦争はできるが、対ソ戦争はできぬというが、訳が分らぬ」といって余を叱った。余は「分らぬのかなあ」と思って、黙っていた。

岡 今度の戦争（＊日米戦争）がなかりしならば、国内に大騒動、起こりおりたるならん。

豊田貞次郎（大将） その通りなり。

及川 亡くなられたが、近衛さんはずるい人で、何とかして陸海軍を利用して、国内問題を処理せんとした。当時われわれは「下駄をはかせられてはならぬ」ということをいって、逃げておった。

近藤 近衛さんは、他人に何とかいいながら、自分の意見はいわぬ人だった。

永野 おしまいには宿命的に進んで行った。

第一次三国同盟

井上成美（大将） 第一次三国同盟の主目的は、防共協定の延長として、ソ連を目標とする。副次的には、当時日本が全く国際的に孤立しありしため、何とかして味方を得たしという気分も作用せりと思う。当時米国の世論調査では、その一番嫌いな国はドイツということであった。これと同盟することは、必然的に日米国交の悪化を予想せられ、同盟による利益と代償とを天秤にかけ、日本の不利にならぬようせねばならぬという海軍の意見なりき。由来、陸軍は対ソ戦一点ばりで、これがためには何ものの犠牲をもいとわざりしに反し、海軍は対米戦を考えいたり。

米内大臣も、日ソ親善を主張せられ、彼と戦をする手はないと述べられしことあり。米内大将は防共協定にも反対で、大将が横須賀鎮守府長官、私が参謀長のころ、協定成立に際し、なぜソ連と手を握らないかと、慨嘆せしことあり。

防共協定には、国内に異論もありしが、陸軍が鳴り物入りで宣伝して、無知な国民をだまし、世論を賛成に導けり。

第一次大戦後は、さすがの大英帝国でさえも二国標準主義（＊世界二位と三位の合計以上の海軍力）を捨てたるに反し、日本は陸軍はソ連、海軍は米を目標とし、国策に統一性なく、これがため国家のあらゆる政策が紛糾せり。

竹内馨（少将）当時、陸・海軍のソ連および米国に対する気持ち、および態度如何。

井上　陸軍のいつわらぬ所は、満州はとったが、ソ連がこわい。海軍は、支那事変をめぐり、日米関係の破裂は時日の問題で、どうしてもこれに備えねばならぬというにあり。

岡　当時、陸軍から三国同盟の問題でしつこく交渉に来た。軍務局長は町尻（量基（かずもと）少将）、軍務課はできたばかりで、初代課長は石本（寅三大佐）、次は柴山（兼四郎大佐）、次が岩畔（豪雄中佐）で、なかんずく岩畔が最強硬であった。自分が「ヒトラーと手を握ったら、あとで日本が困るぞ」と反対したら、余り来なくなった。

榎本重治（海軍書記官）　話の初めは、防共協定の強化であったが、いつの間にか同盟にかわり、海軍の考えとは違っていた。米内海相のころ、海軍は「同盟は米国に対抗するものにあらず」という声明を出すことを強く主張し、これに対し陸軍も、ドイツも猛烈に反対した。平沼内閣はこの問題で倒れた。

近藤　当時、空気としては、対米戦に備えねばならぬが、さればとて米と戦ってはならぬということに、海軍省・軍令部一致していた。

榎本　かつて山本五十六元帥は、世間では自分を三国同盟反対の親玉の如くいうも、根源は井上なりと語られしことあり。

岡　二・二六事件直後、自分が調査課長のころ、第一課長・保科（善四郎大佐）、陸軍省軍事課長・町尻（量基大佐）、参謀本部作戦課長・石原（莞爾大佐）らと四人で懇談した時、当時陸軍は北支に謀略工作を行い、ちょいちょい兵力をも使用していたので、自分から、あんなことは止めたらどうかと申せしところ、石原は全く同感の旨確言し、あれは板垣（征四郎）参謀長が満州がうまく行かぬので「カモフラージュ」のためいたずらしていると説明した。

石原は北支に手を出してはならぬと考えていたが、現地は勝手なことをし、参謀本部内にも段々石原への反対者が出て、結局彼は追い出された。

陸軍は満州をも押さえ、北支にも勢力を伸張せんとし、これがためドイツの力を借りてソ連に対抗せんとしたものと思われる。

井上 陸軍は支那事変で手を焼いて、遂にはドイツを味方にして何とかみっともなくないように、けりをつけたいと考えたるが如し。ドイツも駐支大使・トラウトマンを仲介に、日支和平工作に乗り出して来たことあり。この工作はほとんど成功の所までこぎつけたるも、最後の総理官邸の会議で、杉山（元）陸相はのらりくらりして賛成せず、多田（駿）参謀次長もこれには困ったといって、その場で涙を流して泣いたことを覚えている。この会議に於ける末次（信正）大将の態度も実に不可解なりき。

大野 陸軍にはソ連を怖るる消極的考えもありしが、若手連中には独ソ戦必至と考え、ソ連の第二次五カ年計画が完成前に、ドイツと連合してこれを撃ち、沿海州を攻略して国境線を整理すべしという強硬論ありき。北を固めてから南に行くべきだといっていた。

岡 その意見は相当強きものありき。満州を保たんがためには、沿海州を押さえる要ありというにあり。

及川 日本がバイカル湖まで出、ドイツがウラルまで出れば、その中間ではソ連が成り立たぬというような意見を聞いた。

井上 町尻陸軍省軍務局長が、陸軍の装備は余りにひどい、海軍は一年くらい軍備を待って、予算を陸軍に廻してくれぬかと、いって来たのに対し、とんでもないと答えたことがある。

対ソ強硬論者は、出先きには大有り（おおあ）で、ノモンハン・張鼓峯事件は、その具体的事例なり。張鼓峯事件の時、陸軍が強いてやるなら、海軍は陸軍を爆撃するぞと嚇（おど）かして、やっと止めた。政府の意見ははっきり掴めぬが、会議に出た時の印象では、総理（平沼）も外相（有田）も三国同盟を結びたくなかった。海軍が断乎として反対してくれるから、大丈夫だと思っていたらしい。陸軍に脅迫されて、消極的に賛成していたらしい。

岡 外務省の事務当局には賛成者があった。

井上 外務も事務官級には同盟賛成者が強く、神（重徳）中佐も、しばしば賛成意見を持って来たが、自分は悉く拒否した。

吉田善吾（大将）　近衛公からも、お前はそういうが、若いものはこういうぞ、といわれたことがある。

井上　ある実業家が来て、海軍も遂に同盟に賛成されたそうですねといったから、井上の目の黒い間は、絶対に賛成しないと答えた。

及川　近衛さんは僕にも数回、若い者の意見は君と違うといわれたが、その都度、それは私が押さえますと答えた。

井上　陸軍は度々泣き落しをかけて来た。米内さんも、度々板垣に新橋に誘われ、閉口しておられた。私も二、三回、町尻に泣き落しを食った。

暗殺などに関する情報は、海軍には入っていない。憲兵隊で山本（五十六）次官に護衛を付したり、官舎の前に巡査が立ったところを見ると、その筋には、何らかの情報があったのかも知れぬ。副官から、私にも、拳銃と催涙剤を勧めて来た。

榎本　『維新公論』（月刊誌）には、山本次官に対する脅迫文がのせられた。

吉田　山本暗殺計画というものはあった。

竹内　陸軍でテロなど情報を捏造し、それで政府や海軍を嚇かしたと思われることはなかりしや。

井上　あったかも知れぬ。自分は憲兵を信用しない。

竹内　陸軍が独断でドイツに工作せしことなきや。

近藤　オットー大使が、陸軍士官と箱根や軽井沢に行ったことがある。陸軍が御馳走で丸め込まれたことは、皆知っている。同盟成立までのオットー大使の活躍は、外国では皆知っている。

井上　独大使は随分金も使い、陸・外・内の連中は丸め込まれたらしい。

第一次三国同盟がつぶれた直後、米内大臣が御内奏のため参内した時、「海軍のおかげで国が救われた」との御言葉があったという。

第二次三国同盟

岡　自分は松岡（洋右外相）のところに行き、同盟の目的に関し真意を質せしところ、同盟は米国と戦争せぬことを目的とするもので、日本は同盟の力で強気に出て、米を押さえる以外に手がない。これが唯一の避戦の途だと答えた。

榎本　松岡は同盟を結ばねば、ヒトラーが在米一千万の独系人を煽動し、日米戦を起こさせるおそれありと述べたることあり。

吉田　私は昭和十四年八月から十五年九月初めまで（海軍）大臣をやったが、在任中三国同盟の話は出なかった。近衛内閣組閣前、首相と閣僚候補たる私と、東条、松岡が荻外荘（てきがいそう）で会談した時、枢軸強化の話が出たので、それは結構だが、三国同盟なんて夢想だにせぬといっておいた。前米内内閣は、陸軍のために倒されたのだ。当時、南方に一気に突っ込んでとってしまうという空気もあったので、これにも一本釘をさしておいた。

就任後、独伊と情報交換および宣伝を緊密にやるという案が、外・陸・海間にできており、これで律しようということになったが、この意見が一向実現しないで、東条と二人で松岡に督促したが、松岡は実行しない。

そのうち私の入院中、突然同盟成立を聞き、余りに早いのでびっくりした。スターマーは、その三カ月程前に日本に来たことがある。そこでこれはてっきり陰謀でできたと直感した。同盟については、陸軍・松岡らの間で早くから話が進められていたと思われる。スターマーが来た時、松岡らは一週間余り見えなかったが、この間に陸軍らといっしょに決めてしまったのではないか。正面からでは、海軍の反対でダメと知って、裏から来たのだろう。東条の案でもなかったろう。下の方の暗躍組で作って、成案として持って来たのではないか。

私は松岡は気狂いと見ている。彼を外務の要職につけたのは、大失策である。いったん要職につけたら、権限があるので、なかなか反対は困難である。

独ソ開戦当時、畑（俊六）陸相談として、日本は千載一遇の好機に乗ずべしとの記事が出たが、軽率極まるものだ。大橋（忠一）外務次官もいやしくも大臣が火事場泥棒を口にすべきでないと話していた。

及川 日米国交を調整するのだからといって、松岡から野村（吉三郎）大将に大使になって、日米通商条約回復まで持って行くように話してくれと頼まれた。これには一カ月もかかった。

豊田 私が次官に就任したのは九月七日、これと前後してスターマーが来朝し、軽井沢に約一週間滞在し、その間に松岡、白鳥（敏夫）、斎藤（良衛）らに会っていたらしい。彼が帰京してから三国同盟の話が出た。

彼の三国同盟の趣意は七、八項目あったが、その主眼点は、英独戦争に於ては日本の援助を要しないこと、および日、独、伊、ソ連の四国にて米の参戦を牽制して、なるべく早く世界平和を回復したいというにあり。

その時、松岡は支那事変をめぐり、日米関係は米独関係よりさらに悪く、このままではここ一カ年くらいの間に日米戦不可避だ、これを防ぐためには四国同盟以外に手なきを強調し、同盟を結ばねば、ヒトラーは在米四千万人の独・伊系人をけしかけて、日米戦を起こすやも知れずと述べ、ソ連の引入れに関しては、ドイツが責任をもって当たると説明せり。

当時駐米大使には、松平（恒雄）も広田（弘毅）も、外務畑には誰も引受け手がなく、海軍としては対米和平を必要とするので、最後の切札として野村大将を起用せんとし……漸く日米国交回復に出馬されたる次第なり。

即ち支那事変解決のため、日本の孤立を防ぐため、米参戦を防止するには、ソ連を加えて四国同盟の他なく、この度は自動的参戦の条件もなく、平沼内閣当時、海軍が反対した理由は、ことごとく解消したのであって、できた時の気持ちは、他に方法がないということだった。

近藤　連絡懇談会の席上……松岡は米と戦争せぬためのものだから、まげて賛成してもらいたいと頼んだ。われわれとしては自動的参戦は具合悪しと答えたところ、彼は和戦は天皇の大権に属し、国家が自主的に決するので、スターマーとも話ができているという。そこで従来の海軍の反対理由はなくなり、次長として、困ったことになったという気持ちであった。

豊田　当時陸海軍の対立、極度に激化し、陸軍はクーデターを起こす可能性あり、ひいては国内動乱の勃発を憂慮せられたり。何といっても軍の両輪、股肱（ここう）の皇軍として、かかる事態は極力さけねばならぬ。

及川　真に然り。

井上　先輩を前にして甚だ失礼ながら、敢て一言す。過去を顧るに、海軍が陸軍に追随せし時の政策は、ことごとく失敗なり。二・二六事件を起こす陸軍と仲よくするは、強盗と手を握るが如し。

三国同盟締結にしても、もう少ししっかりしてもらいたかった。陸軍が脱線する限り、国を救うものは海軍より他にない。内閣なんか何回倒してもよいではないか。

二・二六事件の時、私は米内連合艦隊司令長官の下、横須賀鎮守府参謀長で、陸軍が生意気なことをやるなら、陛下に「比叡」に乗っていただく積りで、東京にも直ちに陸戦隊を出し、もし陸軍が海軍省を占領し、中央がだめになったら、長官に全海軍を指揮してもらって、陸軍に対抗する決心なりき。兵学校長の時も、士官学校生徒から兵学校生徒に、陸海軍仲よくせねばならぬとの文通しきりになりしが、自分は校長の責任において両校生徒間の文通を禁止せり。

及川　三国同盟締結は、自分の着任早々であり、前からの経緯もゆっくり考える暇もなかったので、山本（五十六）連合艦隊司令長官の上京を求め、その意見を聞いたところ、山本長官も情況もここに至れば止むを得ない。それも一法ならんと答え、他によい方法はないか、一晩考えさせてくれと述べ、翌朝いたし方あるまいと答えたり。

吉田　昭和十五年秋、山本が上京したとき、近衛公との話の内容を、私に語ったところでは、同公手記の通り（＊山本は三国同盟反対と記す）であった。

及川　自分も好ましくないが、それ以外に打つ手がない。山本もそんな考えなら、自分と同じだからと決心した。

藤井　ここに考えねばならぬのは、日本の政治組織と当時の情勢なり。輔弼（ほひつ）の責を有する外相、陸相の所掌に関し、その主張を押さえんがためには、天皇、総理の権限を要し、海相としては自己の責任外に逸脱せざる限り、よくなし得ざるところなり。

また陸軍の政治工作に対抗し、何故に海軍も政治工作をなさざりしやといわるれば、それまでになるも、海軍は政治力貧弱にして、事務当局は政府、陸軍との接触面に於ては、刀折れ矢尽きて屈服せるものなり。

井上　閣議というものは、藤井君のいうが如き性質のものではない。海相といえども、農相や外相の所掌に関しても、堂々と意見を述べて差しつかえなし。閣僚の連帯責任とは、こういうものだ。意見が合わねば、内閣が倒れる。国務大臣はそれができる。また海軍は政治力がないというが、伝家の宝刀あり。大臣の現役大・中将制これなり。海相が身を引けば、内閣は成立せず。この宝刀は乱用を戒慎すべきも、国家の一大事に際しては、断乎として活用せざるべからず。私は三国同盟に反対し続けたるも、この宝刀あるため安心していたり。

榎本　法理上よりいうも、井上大将お説の通りなり。近衛公手記に、政治のことは海相心配せずともよい、とあるは公の誤解なり。

井上　軍令部は政治に関係なきが如きも、三国同盟の如く、最後は戦争に関係する件については、軍令部が引受けなければ、大臣は何ともできぬ訳なり。

吉田　陸軍は伝家の宝刀を悪用せり。

井上　永野元帥も、宝刀を抜くべき時に抜かれなかった。それは仏印進駐の時だ。

近藤　御前会議で三国同盟締結の方針が決まった直後、両総長・次長を参内せしめられ、日米戦争の見込み如何との御言葉あり、総長は、これはやってみねば判りませぬが、海軍としては極力避けたいと申し上げたり。

吉田　陛下から、海軍のいうことはよく判るが、陸軍のいうことはよく判らぬというお言葉があったということを、近藤君が私に話したことがある。

川井巌（少将）　北部仏印進駐の時も、陸軍が無茶をやるので、海軍は協力しないと、藤田類太郎（少将）さんがいって来た。

三代辰吉（大佐）　私も陸軍側に、なぜ武力進駐したかと詰問したら、作戦部隊を待機させておいて平和的に進駐せよといって押さえることは、統帥上できぬといった。

及川　松岡の言葉と肚とは違うかも知れぬが、日米戦を避けることは、相当真剣に考えていたようだ。

米大統領も国務長官も、日米妥結を希望していたが、財務長官モーゲンソー、国務省極東課長バレンタインの日本圧迫すべしとの意見が強く、それに引きずられていた。戦争挑発の責は、むしろ米にある。

吉田　在任当時、陸軍、民間には、ドイツは欧州を席巻し、英本土に上陸し、早くその味方につかねば、蘭印の利権など、どうなるか知れぬという空気ありしも、海軍は便乗気分には反対なりき。

川井　神（重徳）、白濱（栄一中佐）あたりの所にも、バスに乗りおくれるなの考えありき。

豊田　欧州から帰った後の松岡は、態度一変し、米国は武力を以て圧迫せば、屈服すると考えるようになった。

吉田　彼は論理一貫しない。ロジックが飛躍する危険人物なり。

近藤　欧州から帰ったとき、何か彼は言質を与えて来たのではないかという印象を受けた。

及川　近衛は真に世界平和を考え、自ら乗り出して、ルーズベルト氏と会談しようとしたが、うまく行かず、自分もどうもならずに投げ出した。

竹内　近衛手記中、事実と相違の点なきや。

吉田　私が三国同盟で煩悶して病気になったと出ているが、私の在任中、三国同盟は問題にならなかった。

井上　少くとも日時の関係には間違いがある。昭和十五年と十六年と錯覚している。

近藤　松岡を欧州に派遣するには異論あり。何をやるか判らぬから訓令でしばらねばならぬという意見があった。

榎本　三国条約ができたが、「?」だらけで困った。大橋忠一外務次官も今度の条約は自分にも相談がなかったから、質問されてもよく判らぬといっていた。

日米交渉の経緯

井上　自分は澤本次官着任前、航空本部長で、約三週間次官代理をつとめたが、その時自分の受けた印象は、海軍は米と戦うつもりで事を進めているのではないかと思った。

日米交渉回答案が廻って来た時、私は海軍省、軍令部は、とんでもないことを考えていると思って、及川大臣私邸に伺い、私見を申し上げ、私は海軍はどんなことがあっても、米英と戦争を避ける方針と思うが、この案は反対のように思われる。大臣はこんな御方針ですかと、お尋ねしたところ、俺もお前と同意見だと答えられたので、それでは書類を直しますよ、と申し上げ訂正を命じたが、何かと理屈をつけて、原案に近いものにしたがるので、てこずった。

澤本頼雄（大将）　海軍次官になる前、井上大将と同意で、とにかく日米このままでは衝突する。何とか外交転換をやらねばならぬと話し合った。次官になってみると、井上氏のいわれたような空気は多分にあったが、陸・海・政府とも日米交渉成立を希望していた。ただ外務省はなかなか強硬で、大橋次官も、交渉は信義の問題といい、米の真意は不明だからペテンにかかってはならぬといっていた。

松岡帰朝後、ますますむつかしくなった。彼とは同県だから、度々会見を申し込んだが、何とかいって会ってくれなかった。そのうち米国の態度もますますむつかしくなり、ミッドウェーに航空隊をおくことを発表し、岡田（貞外茂少佐）、立花（止中佐）が勾留され、東洋のいろいろな機関に船舶顧問として海軍軍人を配したりした。米の対日警戒措置が漸次に出て来た。これは松岡外交によって生じて来たとも思われる。外務の寺崎（太郎アメリカ）局長は、日米妥協論者であったが、松岡のやり方は日米関係悪化に拍車をかけた。部内にも、井上大将のいわれたような空気があり、自分は下の者は上の者の方針に従うよう通達したこともある。

昭和十六年六月二十二日、独ソ戦起こり、陸軍はおおむね熟柿主義で、ソ連の参るのを待つという意見だったが、中にはソ連撃つべしという意見もあった。

七月二日の御前会議で、国策要綱の決定をみたが、その中に対米英開戦も辞せずという文句がある。私も驚いて及川大臣にお尋ねしたところ、自分の考えは避戦であるが、陸軍が北にも南にも進出することを主張し、あのくらいにしておかないと、とても押さえ切れぬと答えられた。豊田（貞次郎大将）にも、その間の事情をお尋ねしたが、「及川さんはそんな気はないから大丈夫」と言われた。

右に関連し、井上航空本部長は、局部長会議で猛烈に食ってかかられた。松岡がいけないから、早く追い出せということは、私どもも主張したが、荏苒（じんぜん）決しなかった。米国のオーラル・ステートメントの中にも、内閣を改造しなくてはならぬといって来たが、松岡はかんかんに怒り、独立国に対する内政干渉だといきまいて、こちらの対策の電報まで差し押さえ、寺崎局長が独断打電する始末で、当時外務省は百鬼夜行の評があった。結局、松岡追い出しのため、近衛公は内閣を投げ出した……。

竹内　米提案中「日本は武力南進せず」という項目を、日本側で削ったことが、著しく米を刺激したが、右の理由、主張者？

澤本　仏印進駐はすでに一月の処理要綱（対仏印、泰(タイ)施策要綱）にて決定しあり……九月六日御前会議前後、永野総長は「一月処理要綱ができているから、積極的政策に進んで、今となりては引っ込みがつかなくなった」と語られた。この仏印進駐の既定方針があったので、武力南進の項目削除に反対せしにあらずや。

豊田　松岡が帰って来て、あの項を削除したと記憶する。彼はドイツに行った時、すでに独ソ開戦を予期していたのではあるまいか。日ソ中立条約……最後にスターリンが乗って来たのは、松岡が独ソ戦をほのめかしたからではないかと、自分は想像する。

日本に帰り、野村大使の電報を見て、これは大変だというので、あの条項を抜いたらしい。私も、松岡がドイツで行き過ぎをやらかしたのではないかと思う。独ソ戦が始まったら、日本もソ連を討つという意味のことを、大島（浩駐独大使）からもいって来た。何か言質を与えたか……南進の項は、松岡が削ったように承知している。

近藤　連絡懇談会で、独ソ開戦すれば日本はシンガポールを攻略するという約束の話が出た時、松岡はそれは統帥事項で、私は何も知らないと答えたが、何か約束して来たような印象をうけた。

澤本　松岡は総理に信用なく……松岡はその時々で気分が変り、外国使臣にも信用なく、海軍にいったことも終始変っていた。

高田利種（少将）　小林（一三商工大臣）全権が、蘭印から帰った時の報告に、武力進駐すべしとの意見があったので、自分（軍務第一課長）は反駁書を書き、豊田次官は内閣に出そうといわれたが、ある人が、あれは小林一三の名前であるが、案外黒幕は、捕えてみればわが子かも知れぬ、といって来たので、内閣提出は取り止めた。

豊田　米英と一戦を辞せずという文句は、昭和十六年七月二日の御前会議で初めて正面に出て来た。

大野　一戦を辞せずとは、開戦を辞せずという意味ではない。独ソ戦に関し、陸軍は二、三カ月で終ると考え、熟柿主義のみならず、渋柿をももぎとろうという積極論者があった。これでは予算・資材も陸軍にとられるので、海軍としては戦備充実のため、南にも備えるというようにもって行かざるを得なかったので、本当に戦争をすることを考えたものではない。

竹内　米は六月前後より、日本の暗号を解読していたと思われる。その含みで話を進められたし。

大野　独ソ戦開始という大事件の勃発により、国家諸政策上、如何なる手がうたれしや。世界情勢の変化にともなう帝国国策要綱が作成せられた。私が下案を永野総長に持って行くと、内容については何ともいわれなかったが、「国策は決まったが、これにこびりついてはいかん。剣道の達人は、柄を堅くにぎりしめないものだ。ソ連ががた落ちになったら、シベリアをとってもよいではないか、時局の変転に応じ、善処しなくてはならぬ。いやしくも戦争になる場合は、後手をとらぬようにせよ、先手必勝だよ」といわれた。

澤本　九月二十六日ころ、山本長官、上京の際、長官は「長官としての意見と、一大将としての意見は違う。長官としては、十一月末までには一般戦備が完成する。戦争初期は何とか戦えるが、南方作戦は四カ月よりも延びよう。艦隊としては零戦、中攻各一〇〇〇機ほしいが、現在零戦は三〇〇機しかない。しかしこれでもやれぬことはない。一大将としていわせるなら、日本は戦ってはならぬ。結局は総力戦になって負ける。日本は支那事変で疲れている。また戦争すれば、朝鮮・満州の民族も離反する」といわれた。高須（四郎中将）、近藤（信竹中将）、高橋（伊望中将）、井上（成美中将）各長官も同意見であった。対独ソ対策が決定した時と思うが、米国が参戦せば、日本も参戦するという意味のことが書いてあった。これは大臣官邸で研究の時削られた。福留（繁）第一部長は、戦争の約束をすることは統帥権の干犯だと主張した。

軍令部次長も、第一部長も、翌年になれば兵力差が大きくなるので、戦争をやるなら早く決めなければならない、という意見に変っていった。永野総長と及川大臣との間には、大分思想上のギャップがあり、物資・戦備を中心に、これを統一せねばならぬという問題が起こった。大体において総長は主戦的で、軍令部内でも次長、第一部長はこれを引っ張っていた。私は及川大臣に「総長によく話して下さい」と申し上げ、八月初めころ大臣から総長に話をされた。総長は、戦争をやるなら早くやらねばならぬといわれ、及川大臣は戦争をしてはならぬといわれたが、結局、戦備・物資を中心とする思想統一については、第一部長が起案し、第一部長・軍務局長以上で処理することになり、その結論は、不敗の策あるが、屈敵の策はない。日米戦については、慎重な態度をとらねばならぬが、戦備は進めなければならぬということになり、八月初め、これを奏上した。

永野総長は次長に、南部仏印進駐は考え直せといわれたが、近藤次長は既定方針だからやるべしと答えられたところ、総長はあれをやれば戦争になるといわれた。及川大臣も私に、仏印進駐は考え直せといわれたが、私はすでに進駐軍は乗船してしまっていたので、何ともならぬと答えた。

大体において軍令部は戦争をしないことに決めてくれればよい、やるのなら早く決めてくれ、その時になって、今戦争をやるんだといわれても困るという意見で、海軍省は交渉をのばしても、外交を続けるというのだった。

吉田　八月十日、山本（五十六）から主砲射撃を見に来ぬかといわれて、佐伯湾に出かけたが、すぐ大臣から呼び返されたので東京に帰り、近衛・ルーズベルト会談に付いていくことを引受けた。

佐伯湾で山本に会った時は、彼の心境は錯雑し「戦いをやるならば、ハワイをやらねばならぬ。目下研究中。実は福留が中央に替わる時、日米戦争はやらぬようにたのんだのに、近ごろの彼の手紙を見ると、戦争やむを得ないという風に見える。伊藤（整一）が中央に行く時にもたのんだが、なかなかわれわれの希望通りに行かない。俺も今度替わるよ。後は嶋田（繁太郎）が来る。自分は軍事参議官でもよい。別府で同級会をやろう」と話した。自分は及川大臣に、山本は替わるのかと尋ねたら、そんなことはないと答えた。山本はどこから聞いたのか知らぬが、自分は替わるのだと、やや捨鉢的になっていた。

榎本　山本さんは福留によくいいきかせ、了解しているはずだのに、中央の訓令は違っている。不思議だ。何か特殊の勢力が働いているのではないか。お前も気をつけてくれといわれた。

川井　（＊山本さんは）石油を禁輸されたら、海軍戦力は二年しか続かない。したがって禁輸四カ月以内に開戦せねば、不利となると考えていた……ニッケル、その他の資材でジリ貧は見えて来たので、交渉が長びくようなら、やらねばならぬという考えが動いていた。

吉田　九月ころ、岡（敬純）君に情況を聞いたが、参謀本部は「米国のやっていることは干渉であって、交渉でない」といっているとのことだった。軍令部は「交渉成立の見込みがあるなら、これを続け、見込みがなければ、早く立ち上ってくれ」という意見であって、進んで戦争を止める意向はなかったようだ。

澤本　最後の近衛内閣のつぶれる時、永野総長は「中国からの撤兵問題で戦争するのはバカげたことだ」といわれた。総長は、海軍部内では強い意見の方であったが、自分は総長が主戦的であったとは思わない。

三代　軍令部は作戦本位に考え、モンスーンの時季になれば、マレー東岸の上陸作戦は不可能となり、ハワイ攻撃の洋上補給も至難となるので、おそくとも十一月末にはやらねばならぬという結論であった。東洋における敵戦備も着々完成し、十一月以降となれば、第一作戦さえも成功を期待し得なかった。

戦争の見通しについては、屈敵の目途なく、欧州でドイツが圧倒的勝利を得て、独英和平が実現すれば、それが日米戦争終結の転機となり得ると考えられた程度なり。

日米戦争は負けるかも知れぬが、戦わずして四等国に堕するよりも、いさぎよく戦って二六〇〇年の日本歴史を飾るべきだという意見が有力で、航空作戦当事者としては、自分はひとり苦慮し、航空に自信なしといったら、富岡（定俊）第一課長は、自信の問題ではない、死活の問題だといっておられた。

前田稔（中将）　戦わずして滅亡するか、乾坤一擲をやるかの岐路に立つ日本としては、敵のそなえできざるに乗じ、すみやかに南方資源を押さえるを要した。

榎本　海軍としては、面子にかけても仮想敵国たる米と、戦争できぬとはいえなかった。

前田　自分は四月に、南部仏印進駐が英米に与える影響を打診するために、タイ・仏印に出張し……結論は「進駐しても米は立たぬ」だった。私は部内にも、非公式に近衛公にも話した。第三部長として見たところ、不敗の態勢を整えるためには、早く南部仏印を押さえる必要がある。英にでも、押さえられると、こちらは手が出ないという意見だった。

澤本　仏印に進駐すれば、日本の断乎たる決意を示し、外交の推進になるという考えもあり、松岡も、進駐しても米は立たぬといっていたが、外国からは戦争になるという意見も多く来た。

玉砕論も、その反対論もあった。資材の現状から一年半くらいはもつが、結局、屈敵手段はない。強硬論者は「共栄圏により不敗態勢は整備できる。戦争は金力、人力を集中し、異常の力が出る」と主張したが、自分らは戦争は消耗戦で、平素より生産は低下するという考えであった。

会議で、岡君が来年の一月まで待てぬかといったら、軍令部は待てぬといった。私が、今少しく欧州の形勢を観望する要あり、ドイツの戦力も「?」だし、ヘス工作で独英和平にでもなれば、日本ひとり取り残さる。三月まで待ってみたらといったら、笑われてしまった。及川大臣ももはや外交交渉はできぬといわれた。

吉田 仏印進駐は陸軍の謀略ではないか。陸軍は早くからシンガポールを目標に、着々準備を進めていたらしい。昭和十五年九月ころ、澤田(茂)参謀次長から近藤(信竹軍令部)次長に、海軍はシンガポールをとる事に同意せぬかといって来た。

近藤 陸軍は武力進駐を企図し、相手側(*フランス軍)に抵抗させて、北部も南部も一挙にとる計画で、海軍は平和的にやる意見であった。ただ海軍にも仏印に進駐しておけば、対英米戦に有利との考えはあった。

竹内 近衛・ルーズベルト会談に関し、海軍として、特に心得おくべき事項あらば、承知いたしたい。

及川 近衛は成功しなければ、日本には帰らぬといっていた。

豊田 近衛公と私(*当時、外相)の話し合いでは、吉田(善吾)、土肥原(賢二)両大将、両第一部長随行、会談はうまく行っても、行かなくても、日本とはおさらばと決めていた。乗船前に二人ともやられたら(*暗殺されたら)、おじゃんになる。行けば必ずやり遂げるつもりで、撤兵も何も出先で決めて、御裁可を仰ぐ覚悟であった。帰って来たら必ず暗殺されるという突きつめた考えであった。乗船までが心配だった。

及川 乗船までは、海軍が引受けることになっていた。

高田 自分は岡（敬純）局長より、内密に船の準備を命ぜられ、支那事変のための徴用のことにして、「新田丸」を準備し、二、三日で横須賀より横浜に回航し、それは開戦までつないであった。

澤本 近衛手記に、海軍は和戦の決を首相に一任せりとありしが、当時の空気は現在とは全く異なり、「海軍は戦えない」などいい得る情勢にあらざりき。

ただし「海軍は戦えぬといってくれないか」と、陸軍よりいわれしこともあり。

井上 陸海軍相争うも、全陸海軍を失うより可なり。なぜ男らしく処置せざりしや。如何にも残念なり。

及川 私の全責任なり。

海軍が戦えぬといわざりし理由は、二つあり。

第一は、情況異なるも、谷口（尚眞〔なおみ〕）大将、軍令部長の時、満州事変を起こすべからずといい、大臣室にて東郷（平八郎）元帥より面罵せられしことあり。谷口大将の反対理由は、満州事変は結局対英米戦となるおそれあり、これに備うるため軍備に三十五億を要するところ、わが国力にては、これは不可能なりというにありしが、ロンドン条約以後、加藤大将と谷口大将は、尖鋭に対立せしを以て、加藤大将が元帥にいわれしためか、元帥は「谷口は何でも弱い」といわれしことあり。この折は「軍令部は毎年作戦計画を陛下に奉っておるではないか。今さら対米戦はできぬといわば、陛下に嘘を申し上げたことになる。また東郷も毎年この計画に対し、よろしいと奏上しているが、自分も嘘を申し上げたことになる。今さらそんなことがいえるか？」とて面罵せられたりと。

このことが、自分の頭を支配せり。

第二には澤本君のいわれし、近衛さんに下駄をはかせられるなという言葉あり。当時、海軍にて非常に警戒せしものにして、軍令部よりも、軍務局よりも注意せられたり。

この二者により、今より考えれば不可なりしならんも、近衛首相に「海軍にて陸軍を押さえうると思わるるか知られざるも、閣内いっしょになり、押さえざれば駄目なり。総理が陣頭に立たざれば駄目なり」といいたり。

井上　近衛さんはやる気ありしや。またできると思われしや。

及川　首相が抑え得ざるものを、海軍が押さえ得るや。

井上　内閣を引けば可なり。伝家の宝刀なり。また作戦計画と戦争計画は別なり。なお不可なれば、総長をかえれば可なり。

澤本　（＊中国よりの）撤兵問題に関し、会議にて、及川大臣が「いよいよとならば陸軍と喧嘩する心算なり」といわれしに、永野総長は「それはどうかな」といわれたるため、大臣の決心鈍りたり。海軍も必ずしも団結しおらざりき。

井上　大臣は人事権を有す。総長をかえれば可なり。

及川　（＊それをやれば近衛は）内閣を投げ出せり。

井上　戦争反対と明確にされしや。その手を出すべきなりき。

及川　東条に組閣の命下り、陛下より東条内閣に協力すべしとの御諚ありしを以て、嶋田を出せり。

澤本　靖国神社の大祭式典直前、短時間、嶋田大将は東条大将に、海軍は統帥部とともに外交交渉にて行く旨、明言せられ、東条首相も認めたり。

吉田　陸軍は海軍に戦争できずといわせ、撤兵する心算なりしならずや。

竹内　嶋田海相は、開戦詔書に副署せられしが、あの場合他に策なかりしや。

澤本　嶋田大将は初めより戦争を考えおらざりしものと信ず。自分が南支方面長官当時、上海に三長官集まりし際、嶋田長官は、日米戦うべからずと主張せられたり……。日時は失念せるも、私に対し「自分は平和にて行く決心なり。永野総長が（＊日米交渉を）ある時機までのばすことを聞き入れられざれば辞職す」といわれたり。

竹内　歴代海相の努力にもかかわらず、結局対米戦を防ぎ得ざりしは、結局、雷落しの遊戯と同様にして、嶋田大臣の際、（＊運悪く）落ちたるということとなるや。

吉田　嶋田も……最後には開戦不可避を観念しおりしものと感ぜり。開戦決定の最後の御前会議情況を聞きしところによれば、最後まで開戦反対せしは賀屋興宣（おきのり）蔵相と東郷茂徳（しげのり）外相にして、東条は議まとまらざるに弱り、嶋田に加勢を求めしを以て、嶋田は賀屋、東郷を（＊御前会議の）室外に呼び出し、かくなりし上はいたし方なし、同意されたしと説きしに、賀屋、東郷は仕方なしとの返事をなせしを以て、御前会議決定せりと。

榎本　小林（躋造（せいぞう））大将……永野総長が（＊日米交渉に）期限をきり、開戦時機決定を要求せるを以て、政府も陛下もお困りのこと故、幸い永野さんは心臓悪きこと故、米内光政または山本五十六に総長をかえてはという問題ありしことあり……。

（以下略）

写真提供／後藤美代子
カバー・本文デザイン・ＤＴＰ／長久雅行

開戦と新聞 付・提督座談会

第一刷発行 ―― 二〇二一年八月一五日
第三刷発行 ―― 二〇二一年九月一六日

著者 ―― 後藤基治
編集人 ―― 祖山大
発行人 ―― 松藤竹二郎
発行所 ―― 株式会社 毎日ワンズ
〒一〇一－〇〇六一
東京都千代田区神田三崎町三－一〇－二一
電話 〇三－五二一一－〇〇八九
FAX 〇三－六六九一－六六八四
http://mainichiwanz.com

THE MAINICHI 1 ONES 毎日ワンズ

印刷製本 ―― 株式会社 シナノ

ISBN 978-4-909447-16-6